宇宙船が遭難したけど、
目の前に地球型惑星があったから、
今までの人生を捨てて
イージーに生きたい
揚陸艇でドラゴンと
デッドヒート――!?
ルディ

ドローンと魔法の
連携プレイで熊狩り!?
ナオミ

「……何これ？
本当に熊の肉？
凄く美味しいんだけど！」
血抜きし、薄くスライスした
ルディの熊肉料理は絶品で――

「ナオミ様ですね。私はソラリス、
これからよろしくお願いします」
十数世紀前の宇宙船のＡＩを
児童育成用アンドロイド
「なんでもお任せ春子さん」に
移し替えたら……
ソラリス

宇宙船が遭難したけど、目の前に地球型惑星があったから、今までの人生を捨ててイージー……に生きたい

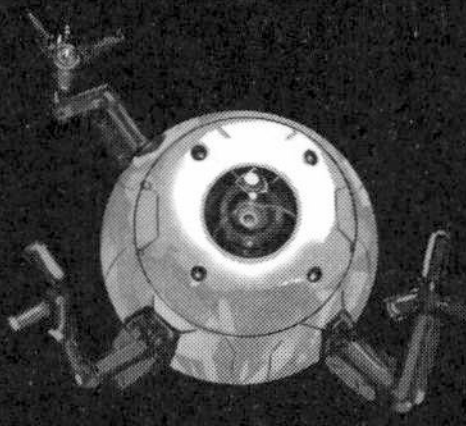

水野藍雷
Airai Mizuno

illust. 卵の黄身

口絵・本文イラスト
卵の黄身

装丁
coil

CONTENTS...

プロローグ　森で暮らす奇妙な二人

春。全長約3mの熊が森の中を歩いていた。

野生の熊は季節によって食べる物が違う。春はフキやセリ科の草本類やタケノコを食べ、夏になると昆虫や果物を食べる。秋になると栄養価の高いドングリやクルミなどの木の実。その他にもナナカマド、コケモモ、ミズキ、ウド、タラなどの果実も食べて冬眠に備える。

肉も食べるが、基本的に自ら襲って食べる事はない。春先だと冬を越せなかった鹿の死骸《しがい》を、秋になると川を遡上してきたマスなどを食べる。

ただし、熊は警戒心が強いくせに集中力が高い。普段は人が近づくと熊の方から逃げ出すが、食事など夢中で食べている時に近づくと、熊はビックリして襲う事がある。

この熊も冬眠から目覚めたばかりで、フキを見つけると夢中になって食い漁《あさ》っていた。

そこへ金属の球体がゆっくり空を飛んで近づいてきた。

球体は翼もないのに宙を浮き、表面の一部が赤く光る。

熊との距離は残り2m。熊は球体に気が付くと餌を食べるのをやめて、二度見した。

だがすぐに熊は警戒心を露《あらわ》に立ち上がって吠《ほ》え、爪を伸ばした大きな腕で球体に殴りかかった。

それを、球体がするりと躱《かわ》した。

人間ならば一撃で致命傷にもなりかねない攻撃を、何度も何度も繰り返すが、球体は熊から逃げずに躱し続けた。

熊は次第に夢中になって、周りへの警戒が疎《おろそ》かになる。その時、人間の声が森の中から聞こえてきた。

「緑の束縛」

声と同時に地面に生えていた草が伸びて熊の両足に絡みつく。さらに、木に絡んでいたツタが伸びると、両腕を束縛した。

熊が絡まったツタを力任せに切ろうと力を入れる。だが、ツタは頑丈な鎖のように硬く、振りほどく事ができなかった。

さらに力を込めようと熊が立ち上がった、その時。

目の前に銀髪の美少年が一瞬で現れるや、手にしたショートソードで熊の喉《のど》を突き刺した。

「ガッ！」

熊が驚いて大きな声で吠《ほ》えようとする。だが、喉に刺さった剣で声が出せず、両手両足に絡んだ草がさらに締め付ける。

少年が刺した剣を抜いた途端、熊の喉から大量の血が噴出して、そのまま仰向けに倒れた。

地面で痙攣《けいれん》している熊に少年が近づくと、その後ろから赤い髪の女性が姿を現して少年に声を掛けた。

「ルディ、上手《うま》く仕留めたな」

「これからが本番です。まずは血抜きですけど、クマーの体デケーから大変です」

ルディが振り向いて肩を竦《すく》める。そして、囮《おとり》にしていたドローンを回収した後、待機させていた反重力で浮かぶ台車をリモートで呼んだ。


熊を仕留めてから8日後……。

「これが1週間前に仕留めた熊か」

予想に反して出てきた料理に、赤い髪の女性——ナオミが目をしばたたかせる。

彼女は大量の肉を確保したのだから、大きなステーキが出てくると思っていた。だが、ルディが出したそれは、大きな平たい皿に薄く切られて盛りつけした熊の肉だった。

その平皿に並べられている熊の肉は、脂肪が多いため赤身の部分よりも脂肪分が目立ってふぐ刺しのように白かった。

「ししょーの言った通り、クマーの肉、試しに焼いて食ったら、硬《かて》ーでした」

「だから言っただろう」

ルディの話に、ナオミがさもあらんと頷《うなず》く。

彼女は前にも熊の肉を捌《さば》いた後、すぐに焼いて食べた事がある。その時は、肉は硬く臭みがあってとてもじゃないがもう一度食べたいとは思わなかった。

「クマーの肉例えるなら、体脂肪1桁《けた》のスーパーへビー級のプロレスラーが、脂肪の鎧《よろい》を着ている感じ？　霜降り肉の真逆です！」

「その例えは、私でも難易度が高くて理解できない」

「それは残念です。だけど、肉の臭《く》せーは、血抜きが完璧《かんぺき》だったから、消滅……違う、消えたです」

今回、ルディとナオミが仕留めた熊は、食肉として完全に仕上げた状態にした。

ルディは以前ネットの動画で見た時、熊の肉について調べた事がある。

春の熊が食べる物は基本的に植物性なため、肉食動物独特の臭みはそれほどない。そして、熊に限らず血抜きがしっかりしていないと、どんな動物であろうが、血生臭い肉になる。そこで、現地で素早く血抜きを行い、反重力の台車で素早く運んで解体作業を行った。

さらに、肉を美味《おい》しくしようと7日間かけて肉を熟成させて、アミノ酸やペプチドを増加させていた。

「クマーの肉質硬てーから、厚く切ったら噛《か》み切れねーです。だから、薄く切って煮て食べる方法チョイスしたのよ」

平皿の隣には、コンロで温められた黒いスープが用意されていた。

スープはカツオと昆布の合わせ出汁《だし》に、醤油《しょうゆ》、砂糖、日本酒、みりんで味付けされている。さらに、肉の臭みを取るために、太い長ネギが大きく切られて浮かんでいた。

ルディが用意したのは、熊肉を使ったしゃぶしゃぶ料理だった。

「これはどうやって食べるんだ？」

「最初に僕実演してやるです」

ルディが菜箸《さいばし》で熊の肉を何枚かつまんでスープに付ける。

スープの中でゆっくり左右に振って、ほんのり赤い部分が残ったところで取り出した。

それを自分とナオミの小皿の上に載せて、彼女に渡す。

「……ふむ。面白い食べ方だな」

「僕、クマーの肉、食べるの初めてだから、ドキドキです」

ルディとナオミが顔を見合わせて、同時に熊肉を口にする。

熊肉を食べたナオミが大きく目を開いて驚いた。

柔らかくて臭みもない。スープで温められて余計な脂肪分が溶け、油っぽさも感じない。

肉そのものに、さらりとした甘味がある。スープの味がしみ込んで、肉の甘みとスープの旨味《うまみ》が融合して、信じられないほど美味《うま》かった。

「……何これ？　本当に熊の肉？　凄《すご》く美味しいんだけど！」

感動すら覚えるナオミに、ルディも同意して頷いた。

「これは良いです。豚とも牛とも違《ち》げー独特な肉質。そして、蕩《とろ》ける脂身。たぶん、融点が低い蕩けやすい肉かもです。そして、僕思ったのです」

「何をだ？」

肉を茹《ゆ》でていたナオミが、首を傾《かし》げる。

「この肉は脂身多いです。だったら、辛口のサッパリした日本酒こそが相応《ふさわ》しいです！」

「なるほど。それは私も思った！」

ルディとナオミが一緒になってにんまりと笑う。

「ちゅー事で、辛口の日本酒を飲もうです！」

「賛成‼」

こうして二人は、熊肉のしゃぶしゃぶを食べ、日本酒を飲み、大いにはしゃいだ。

宇宙から来たルディと、奈落《ならく》の魔女と呼ばれる魔法使いナオミ。

二人の出会いは、ルディの遭難事故から始まった。

第一章　彷徨《さまよ》える宇宙人

無機質で白い部屋。


狭い部屋の中央に、一人の少年が眠っていた。

少年が眠るダブルサイズのベッドは透明なケースに覆われて、下からは複数のコードが壁へと繋《つな》がっている。

ケースの中では、人間の体が冬眠状態となる31・6度の低温状態が保たれ、コールドスリープによる老化防止処理が行われていた。

透明なケースの中の少年は成長を止めるのと同時に、死者の如く深い眠りに就いていた。

少年の寝顔は、幼さが残りつつも精悍《せいかん》。

肌は雪のように色白く、細い体は無駄な贅肉《ぜいにく》のない筋肉に覆われている。髪は銀糸のような光り輝く銀色をしており、首元まで伸びていた。

その姿は名画に描かれた美少年と比較しても、遜色《そんしょく》のない芸術的な美しさがあった。

静かに眠る少年は肉体改造アンチエイジングを施されていて、寿命が500歳近くまで延びていた。

少年の年齢は81歳。だが、寿命が延びた事に加えてコールドスリープで眠っているため、見た目の肉体と精神は15歳ぐらいだった。

少年の名前はルディ。宇宙船『ナイキ』唯一の搭乗員だった。


突然、コールドスリープのベッドからピッ――ッ‼ と、電子音が鳴り響く。

再び静寂が訪れて、5分後。ベッドを覆う透明なケースが音を立てて二つに割れ、ベッドの下へと隠れた。

ルディの肌が外気に触れて、生気のある色へと変わる。それから少しして、瞼《まぶた》をゆっくりと開けた。

開いた瞳《ひとみ》は右目が青、左目は緑色のオッドアイ。ただし、左目は本物ではなく義眼のインプラントが入っていた。

その左右非対称の色彩がミステリアスな雰囲気を生み、美しい顔をさらに際立たせていた。

『おはようございます。マスター』

ルディが上半身を起き上がらせて体を解《ほぐ》していると、部屋に備え付けられていたスピーカーから彼を呼ぶ声が流れる。声は若い男性の声質に近いが、響きに電子音が含まれていた。

「……ああ、ハル。おはよう」

その声にルディがやや声色の高いボーイソプラノの声で応じる。

声の主は、船の操縦と乗務員の生命維持を管理するメインＡＩ。正式名称は『ＨＡＬ２００Ｘ』。ルディが50年前にこの船を購入してから付き合っている、良き相棒だった。

「目的地に着いたのか？」

ルディがハルに質問しながら白い床に素足を着ける。床の冷たさに鳥肌が一気に立ち、一度足を引っ込めた。

『いえ、まだです』

「……？」

歩き出そうとしたルディの動きが止まり、声がする天井を見上げて訝《いぶか》しむ。

『私では解決できない問題が発生しました。緊急ではないので、詳細はマスターがメインブリッジに到着してから説明します』

「……分かった。だけど、その前に１つだけ質問だ。問題はこれからなのか？　それとも手遅れなのか？」

その質問にハルは暫《しばら》く黙っていたが……。

『……両方です』

「聞かなきゃよかった……」

ハルの返答にルディが頭を左右に振る。それから、体にフィットするボディースーツに着替えると、メインブリッジへ向かった。

ルディはメインブリッジの操縦席に座ると、ハルの説明を聞いていた。温まったコーヒー入りの紙コップをゆっくりと回しながら思考に耽《ふけ》る。

ルディはハルの報告が終わっても、暫くの間、眠っていたかのように動かずにいたが、深いため息を吐《つ》いて瞼を開いた。

「信じられない話だけど、ジャンプゲートのトラブルで、目的の星域に向かわず未知の星域に跳んだって事か？」

『イエス、マスター』

その質問に対して無感情で肯定するハル。

ルディは再びため息を吐くと、今回の仕事内容を振り返った。

宇宙で運送屋を営むルディが乗る宇宙船『ナイキ』は、テラフォーミング済みの惑星に向けて、生活必需品や機材などを運ぶ依頼を受けていた。

今回、移民管理局から受けた仕事自体はそれほど難しくなかった。目標の星域は銀河商業圏中央から離れているが、届け先付近の星域に海賊が出るという情報はない。

ただし、仕事を受けた星域から、目的の星がある星域まで行くのに、約3年の移動距離があった。

そこでルディは、安全な星間航路を決めると、後はハルに任せてコールドスリープで眠りに就いた。

　ハルの説明によると、問題が発生したのはルディが寝てから半年後の事だった。

　ナイキがジャンプゲートをくぐってワープをするのと同時に、突如ジャンプゲートが爆発した。

　寸前でワープ空間に入ったナイキに損傷はなかった。だが、爆発の影響で、ナイキは設定した座標へ跳ばずに、未知の星域に跳んでしまった。

「なんでジャンプゲートが爆発したのか分からないな。帝国の管理がずさんだったのか？」

『原因は不明。しかし、銀河帝国がずさんな管理をするとは思えません。最近のニュースを調べた結果、推測ですが95％の確率でテロリストの犯行と思われます』

「そうか……。海賊の心配はしてなかったけど、テロリストの存在までは予想していなかったな。それで、救難信号は？」

『すでに発信していますが、反応はありません』

「帰還成功率は……聞くだけ野暮か……」

　ルディが冷めたコーヒーを全部飲んで、空になった紙コップをダストボックスへ投げ捨てる。紙コップは見事にダストボックスの中へと吸い込まれた。

『天文学的に低い数値ですが、聞きますか？』

「自分の運の悪さに涙が出そうだから、やめとく」

『まず生きている時点で天文学的に運が良いと思います。もし、帰還成功率を聞きたくなったら言ってください』

「それは世間一般だと不運って言うんだ。それと、数値は心の中に封じとけ」

『残念ですが、AIの私に心はありませんので、データとして保存しときます』

ハルからの心のない返答を聞き、AIの自虐ネタにルディが肩を竦《すく》めて笑った。

「……だけど、この若さでフライング・ダッチマン《彷徨えるオランダ人》になるとは思わなかったな。急いで帰っても任務失敗か。賠償金の支払いができず、この船とも別れて、未開発惑星で強制労働行きか？」

『ご安心ください。まず帰る事ができませんので、その心配は不要です。それと、今回は銀河帝国側の警備責任が問われる事件なので、いくらかの賠償金が出るでしょう』

ハルの返答にルディが顔をしかめる。

「まったくもって嬉《うれ》しい限りだ。このまま彷徨っても仕方がない……まずは補給できる目的地を決めるのが先決か……」

ルディが指示を出そうとする。だが、その前にハルの話には続きがあった。

『それについて一つ提案があります。コチラをご覧ください』

「ん？」

訝しむルディの目の前に空中投射スクリーンが現れる。

スクリーン画面に画像が出ると、彼の見知らぬ星域の宙図が現れた。

『マスターが眠っている間に、現在ナイキが居る星域の宙図を作りました』

「気が利いているね」

『ありがとうございます』

皮肉を言ったつもりが、逆に礼を言われてルディが肩を竦める。スクリーンを見れば、恒星を中心とした10の惑星が存在していた。

「太陽系型か……」

『イエス、マスター。そして、この第４惑星ですが、地球型惑星で空気があります。現在、我々はソル太陽系に居ます』

ソル太陽系とは、地球型惑星が廻《めぐ》っている太陽を中心とする太陽系のことを言っている。

「……は？」

目を丸くしてスクリーンに映る第４惑星を凝視していると、ハルが別の投射スクリーンに拡大した第４惑星を映した。

そのスクリーンに映る惑星は、一つの中型衛星を持つ青い惑星だった。

「テラフォーミングをしていないのに……もしかして人が住める？」

『正にその通りです。そこで、まずはこの惑星の調査を提案します』

ハルの返答にルディは冷静になり、少し考えてからゆっくりと頷《うなず》く。

「にわかには信じられないが……何もしないよりマシだ。その惑星の近くまで航行してくれ」

『イエス、マスター』

ルディの命令に、宇宙船ナイキが動き出す。

ナイキが動き出しても暫くの間、ルディはスクリーンに映る、輝く青い惑星を眺めていた。

ナイキが第4惑星のラグランジュポイントに停止して3日目。

その間、ナイキは地上観測衛星を惑星の軌道上へ飛ばして、情報を収集していた。

観測したデータをハルが分析して報告すると、驚くべき情報がルディの下に舞い込んだ。

「……知的生命体が居るのか⁉」

『イエス、マスター。原始レベルですが、この惑星の住人は知的頭脳を持ち、文明を築いています』

「その様子をスクリーンに映せ」

『イエス、マスター』

ルディの前に空中投射スクリーンが現れて、探査衛星からの地上写真が映し出された。

その写真には、ルディと同じ姿の人類が小さな集落を作り、生活している様子が写っていた。彼らは木造の建築物に住み、服装はファンタジー系の映画でしか見たことのない、原始的な格好をしていた。

「見た目は人間と同じか……」

『調査の結果、マスターと同じ容姿の知的生命体は20％ほど。他の20％は……コチラを御覧ください』

今度は別の空中投射スクリーンが現れて、人間と違う種族が映し出された。

「耳が長いのはエルダー人に似ているな。腹が出ているのはドラグン人だし。猫の顔をしたのはネコッテ人……元々はミュータントで独立した種族だったな。犬は……何人だっけ？」

『容姿だけで言えば、ネコッテ人と同じミュータントだったワルダー人に近いです。遺伝子の調査をしていない現時点では、彼らとの関係性については不明です』

「別種族が同じ星で暮らしているのか……争いが絶えないだろう……」

同じ人間でも肌の色が違えば、それだけで争いが起こる。種族が違うとなれば、争いごとが絶えないだろう。ルディは画面に映っている種族を見ながらそう思った。

『データ不足のため不明です』

その返答にルディが軽く肩を竦めてコーヒーを飲む。

「それで、残りの60％はどんなのが住んでいるんだ？」

『コチラになります』

スクリーンの映像が変わって、今度は醜い容姿の化け物が映し出された。

「酷《ひ》でぇツラだな」

スクリーンには子供と同じ背丈で、肌が緑色の凶暴な顔をした生物が映っていた。

それ以外にも、豚のような容姿をした二足歩行の生物。他にも全長２ｍを超え、角を生やした生物が居た。

『容姿についてはお答えしかねます。調査の結果、これらの種族は先ほどの人類と敵対している様子です。確認できただけでも、数件の集落が被害を被っていました。また、この生物とは別の類似した種族も存在しており、先ほどの人類は脅威にさらされています』

「コイツらも知的生命体の部類に……確かに入るか。……最初のは、見た目だけならゴブリン族だな」

ルディの言うゴブリン族とは、彼が所属する銀河帝国と敵対している、別の銀河系から侵略してきたデスグローという種族の事を言っていた。ただし、ルディが見たところ、この星に住むゴブリン族の方が原始的に思える。

「……コイツらが襲ってくるおかげで、種族が違っていても団結してるっぽいな」

『現時点のデータを分析した結果、その可能性は70％を超えています』

その返答にルディは頷くと、銀色の髪をサラッと掻《か》き上げてから頬杖《ほおづえ》をついた。

「銀河帝国宇宙の縮図がこの星に詰まっている感じがする……」

『その考えは概《おおむ》ね正しいかと……』

「地上に降りるのも面白そうだ」

ルディが未知の惑星に思いをはせて軽く笑う。だが、その考えをハルが否定した。

『マスターがこの星に降りるには、１つ問題があります』

「何？」

頬杖をつきながらハルの声がする天井を見上げる。

するとルディの前に新たなスクリーンが投射されて、円グラフが表示された。

『こちらの大気の性質表をご覧ください』

窒素77・9%、酸素20・1%、二酸化炭素0・037%、水蒸気1%前後に……不明1%……？

空気構成を読んだルディが、最後の不明データに眉《まゆ》をひそめた。

「この不明というのは？」

『調査の結果、データに載っていない未知のウィルスです。そして、この惑星に住む生命体は、このウィルスを使用して、文明を築いたと思われる形跡がありました』

「もう少し詳しい説明を頼む」

『イエス、マスター。その例がコチラです』

ハルが画面を切り替えて、観測衛星から入手した動画を流す。

スクリーンの中では、人類が何も持たない手のひらから火を作り出して、ゴブリンと戦っている様子が映っていた。

「昔に見たファンタジー映画の魔法にソックリだな……この惑星は現実からかけ離れた非科学的な世界なのか？」

『残念ですがこれは現実です。帰れないショックはAIの私では理解できませんが、現実を受け入れられずストレス状態が高いのでしたら、医務室で安定剤の投与を推奨します』

「いや、大丈夫だ。中断して悪かった」

ジョークの通じないハルに、ルディが肩を竦める。

『先ほどの続きですが、この惑星の人類は環境に適合して、この不明なウィルス……今のマスターの魔法という単語にちなんで、仮にマナと命名しましょう。このマナを受け入れて、非科学的な力を得ていると思われます。マスターが今の状態で地上に降りた場合、1年後にマナが毒素となって死亡する確率は、99%以上です』

「今の状態って事は、ワクチンが作れるんだな」

『イエス、マスター』

その質問をハルが肯定する。

『後で医務室へ行ってください。既にマナに抵抗できる抗生剤と、空気感染の恐れのある病原菌から守るワクチンを用意しています。投与から2日後には、マスターは地表に降りても生存が可能になるでしょう』

「分かった。それで、俺も魔法みたいなのが使えるようになるのか?」

『残念ながら、無理です』

「理由は?」

『この惑星に住む人類は、幼い頃《ころ》から空気中のマナを体内に蓄積することで、マナの最大保有量を増やし、体内からマナを放出して力を使っています』

「……つまり、俺の場合はワクチンで死ななくなるが、マナを子供の頃から摂取していないから力が使えないと……ゲームで言うところの所謂《いわゆる》、最大MPってヤツか？」

『イエス、マスター。その考えで概ね正解です』

「そいつは残念だ」

魔法が使えたら面白そうだったんだけどな。ルディが残念だと肩を竦《すく》めた。

『しかし、絶対に魔法が使えないというわけではありません。この星に降りて調査すれば、力が使える可能性が50％あります』

「50％か、まあ悪くない。期待しよう」

『私は信じていませんが、神にお祈りください』

無神論者のルディは、ハルの返事を無視して立ち上がった。

「それじゃ引き続き調査を頼む」

『イエス、マスター』

ルディはコックピットを出ると、ワクチンを投与しに医務室へ向かった。


ワクチンの投与から2日後。

ルディは私室で普段着ているボディースーツを脱いで、別の服に着替えていた。

彼が新しく着る肌着は、自動で体温を調整する機能が付いている。砂漠や寒冷地でも快適に過ごせる仕様になっていた。ついでに抗菌仕様。

次に、肌着の上から黒いズボンとロングコートを着る。

ロングコートは長さが膝上《ひざうえ》まであり、襟の後ろにフードが付いていた。

素材は布だが、強化コーティングと衝撃吸収シートが施されているため、実弾兵器の衝撃を吸収して破れる事もない。もちろん、こちらも抗菌仕様。

最後に、ロングブーツを履いて、その上から膝《ひざ》まで隠れるレッグガードを装着する。

黒いレッグガードは膝周りが厚くなって耐久性があり、ブーツの履き口の上に重ねて着用する事で、砂や水の流入を防ぐ。

レッグガードとブーツも共に強化コーティングが施されていて、抗菌仕様。ブーツはおまけで消臭効果まで付いていた。

「随分と無駄のある服だな……それに全身黒ずくめで葬式に行くみたいだ」

ルディがロングコートの裾《すそ》を掴《つか》んで呟《つぶや》くと、天井のスピーカーからハルが話し掛けてきた。

『レッグガード以外は現地から遠く離れた場所の格好に合わせました。冒険者、または傭兵《ようへい》と呼ばれる職業の服装です』

「現地の格好に合わせない理由は？」

『現地の格好に合わせると、正体が発覚する可能性があります。マスターを遠くから流れ着いた流浪の冒険者という設定にしました』

「随分と手の込んだ事で……」

ルディが裾から手を離して、両肩を竦める。

『それと、マスターの希望通りの武器を用意しました』

ハルが喋《しゃべ》ると同時にドアが開いて、ボール型の反重力ドローンが部屋に入ってきた。

ドローンが紐《ひも》でぶら下げた台から、ショートソードと弓矢をテーブルの上に降ろす。

「ああ、これね」

ルディはこの惑星で電子的な武器を持っていても、浮く存在になるだろうと考えた。そこで、この星の文明に合わせた、原始的な武器の製作をハルに頼んだ。

ルディが両刃《もろは》のショートソードを手にして、刃の平たい部分を左の指でなぞる。

刃渡りは45cm。手元の部分だけ少し狭くなっている流線形のデザインで、実用的で美しい。

一見すると少しデザインに拘《こだわ》った鉄の剣だが、中身は全く違う。

超硬度セラミックで作られており、硬さはダイアモンドと同じ強度。岩に叩《たた》きつけても刃が欠けない。

剣の刃は洗わなくても、サッと拭《ふ》き取るだけで奇麗になる特殊仕様。持ち手の部分は抗菌にカビ防止と、無駄にクオリティが高い。

ルディはショートソードを鞘《さや》に入れて、腰のベルトに引っ掛ける。次に弓を手にして弦の硬さを確認した。

弓の見た目はただの木製のロングボウだが、スタビライザーなどは小型化して目立たないようにしている。

素材は特殊カーボンで、ただの弓とは比べ物にならない。弦も特殊で、刃物でも切れない強化仕様になっていた。

『ポイント《やじり》は鉄製ですが、鞄《かばん》の中に小型グレネードを入れておきました。使用する時は、ポイントの上から取り付けてください』

「物騒だな」

ハルの報告を聞きながら、ルディは弓と矢筒を背負った。

他には携帯食料、栄養サプリメント、小型のナイフ、ライター、固形ブイヨン。現地で使用できる通貨が用意されていた。

「この通貨は使えるのか？」

電子決済以外をした事がなく、初めて目にする通貨に首を傾《かし》げる。

『原始的な構造なので、簡単に偽造できました』

「本気を出したら、この星の経済が崩壊しかねないな」

『やろうとすればできますが、その必要がありません』

ルディの冗談に、ハルはそんな事には興味がないと言った様子で答えた。

最後にルディが左目のインプラントを起動させる。

ルディの頭脳は電子化されており、本物の脳に連結した処理計算能力と記憶媒体が組み合わされていた。

そして、電子頭脳と連結している左目のインプラントは、電子頭脳からの外部媒体で、様々な機能が付いていていた。

左目のインプラントから他人に見えない空中投射スクリーンを投射する。

視線でポインターを操作して、ナイキのファイルサーバーから、目的のアプリケーションを見つけた。

アイコンをクリックして、電子頭脳に必要なスキルのインストールを開始。

このインストールを行うと、ルディは鍛錬する事なくプロレベルの能力を得る事ができた。

インストールしたのは、『銀河帝国流統合格闘剣術』、『アーチェリー』、『サバイバル』の3種類。

『銀河帝国流統合格闘剣術』は、戦場で白兵戦があった時に使うスキル。だが、大抵の場合は銃撃戦で片が付くためマイナーなスキルだった。

『アーチェリー』は弓を使ったスポーツのスキル。ルディの左目のインプラントは望遠機能も備わっている。スキルと併せて使うと、理論上３００ｍ離れた距離からでも、小さな的を撃ち抜くことができた。

『サバイバル』は主に軍の地上部隊が降下作戦時にインストールするスキル。これは軍用だが、民間にも提供されている。内容は野外の移動、現地での食料調達、水の確保など、生き抜くための知識と能力が得られた。

以上の3つに加えて、ステルス型地上探査機から収集した、この星で使われている言語をインストールする。

『今マスターがインストールした言語ですが、降下予定地点では片言でしか喋れない仕様にしました』

「これも設定か?」

ルディが顔をしかめて尋ねると、肯定の返事が返ってきた。

『マスターは遠くから来た流浪の冒険者ですから』

「本当、無駄に拘るね」

『ありがとうございます』

「別に褒めてはない……」


全ての準備が終わると、ルディは部屋を出て揚陸艇に向かった。

ルディが揚陸艇のコックピットに座って発進の準備を終える。すると、機内マイクを通してハルが話し掛けてきた。

『マスター。準備はよろしいでしょうか?』

「ああ、いつでも行ける」

『ところでマスター。1つ質問があります』

「何だ?」

『マスターはこの星で、何をするつもりでしょうか?』

その質問に、ルディが片方の口角を尖《とが》らせて笑みを浮かべる。

右手の親指と小指を広げ、軽く回して「シャカ」のジェスチャーをカメラに見せた。

「今までの人生を捨てて、イージーに生きるさ」

ナイキのハッチが開いて、ルディの乗る揚陸艇が宇宙へと飛び立つ。

揚陸艇は惑星に向けて速度を上げると、そのまま大気圏内へ突入していった。

◆

揚陸艇が大気圏を抜けて夜空を飛ぶ。

外を見れば、夜空には何千何万もの星が煌《きら》めき、白く輝く月が大地を照らしていた。

ルディは宇宙を飛ぶのは慣れているが、大気圏内を飛ぶのが不慣れだった。

惑星に降りた初日に墜落するのはシャレにならない。ルディは高度計に注意して、地上との距離を測った。

操縦席の液晶モニターで現在地を確認すれば、どうやら今は深い森の上空を飛んでいるらしい。

「ハルが指定した目的地は、ここから南西の方角だけど……」

ルディが進路を変更するのと同時に、操縦室のスピーカーから警告音が鳴り出した。

「何⁉」

『揚陸艇に急接近してくる飛行生命体がいます』

警告音に目を見張っていると、船内スピーカーからハルの声が流れた。

「生命体？」

『全長300m以上の飛行型爬虫類《はちゆうるい》です』

「何それ、デケエ！」

『現在接近中。遭遇まであと8分』

「まずいな……」

ハルの警告にルディの顔が歪《ゆが》む。

揚陸艇は民間用で武器は一つも備えられていない。このままでは防衛手段がなく、襲われる危険があった。

「ハル、相手の姿を映せ」

『イエス、マスター。上空からのサーモグラフを転送します』

夜間のため通常のカメラでは映せず、ハルはサーモグラフの画像を揚陸艇の液晶モニターに転送。

液晶モニターに、翼を羽ばたかせて空を飛ぶ、巨大な爬虫類のシルエットが映った。

「まさか、ドラゴン⁉」

その容姿にルディが思わず叫んだ。

ルディは実際にドラゴンを見た事はない。だけどそれを知っていた。

何十年かに一度、宇宙で姿を現す謎の生命体。どこから生まれ、どこで暮らしているのか、全く不明。

全長は10㎞を超え、性格は残忍で凶暴。

空気のない宇宙空間でも生息可能で、一度現れると視界に入った宇宙船、宇宙ステーションを破壊し尽くす。宇宙軍による攻撃でも歯が立たず、彼らを嘲笑《あざわら》うかのように突如ワープして消息を絶つ。

ドラゴンが現れると全宇宙に報道され、宇宙を飛ぶルディも他人事《ひとごと》ではなく報道を観ていた。

『調べないと分かりませんが、幼体である可能性が考えられます』

「今は調べる余裕もなければ、攻撃手段もない。逃げるぞ！」

謎の生命体。調べる事ができれば、きっと政府から報酬が貰《もら》えるだろう。だけど、今は命の方が大事。ルディは揚陸艇の速度を上げて逃走を試みる。

だが、ドラゴンの方が速く、あっという間に追いつかれた。

『接触まであと1分。揚陸艇のカメラが捉《とら》えた姿を液晶モニターに映します』

「チッ！」

ハルからの報告に舌打ちして液晶モニターを覗《のぞ》く。その画面には青い鱗《うろこ》のドラゴンが映っていた。月光に照らされ青く輝くドラゴンを美しいと思う。だが、ドラゴンの目は明らかに揚陸艇を敵だと認識しており、それどころじゃないと意識を切り替えた。

「どうしてアイツはこの船を狙《ねら》ってる？」

『推測ですが、ドラゴンの縄張りに侵入したため、排除しようとしている可能性があります』

「こっちは空を飛んでいただけだぞ」

『……揚陸艇のエンジンの炎を見て、威嚇していると思ったのでは？』

「酷《ひど》いとばっちりだ！」

ルディが嘆いていると、ドラゴンが揚陸艇に体当たりをしてきた。衝撃に体が跳ね飛ばされそうになり、シートベルトが体に食い込む。

痛《い》ったいな――！　歯を食いしばり機体を左へ移動させる。もう一度体当たりしようとしたドラゴンが失敗して、揚陸艇と並んだ。

ルディとドラゴンの視線が交差する。ドラゴンの目は黄金。だけど、その圧倒的な暴力の権化に身が震えた。

横に並んだドラゴンが空中で体を半回転させる。80ｍを超える巨大な尻尾《しっぽ》を、鞭《むち》のようにしならせて揚陸艇を襲った。

あの長さでは避《よ》けられない！　逃げずに揚陸艇をドラゴンの居る方へ反転させた。

振り上げられた尻尾が揚陸艇を掠《かす》める。音速を超えた尻尾からソニックブームが発生して、揚陸艇がドラゴンの方へと押し出された。

すると、剛速球で投げたボールが当たったかのように、揚陸艇がドラゴンの顔面に直撃した。

ギャ――――‼

ドラゴンが予想もしなかった攻撃に咆哮《ほうこう》を上げ身を捩《よじ》る。

ルディは、左からソニックブームでガンと衝撃が来たと思ったら、今度はドラゴンへの体当たりで逆からの衝撃を喰《く》らい、ぐるぐる目を回していた。

もし、着ている服が衝撃吸収仕様でなく、揚陸艇の慣性制御が働いていなかったら、今の攻撃でミンチになっていただろう。

『今のうちに隠れます』

「ハラホレヒレハレ～～」

意識が遠のいているルディに替わって、ハルが揚陸艇を操縦する。森の中に着陸させると、全ての照明を消して森に隠れた。

それから5分後。ドラゴンは見失った揚陸艇を探しながら咆哮を上げて、空を旋回していた。

「酷い目にあった……」

『ご苦労様です』

感情のこもっていないハルの声に、意識を取り戻したルディがため息を吐《つ》く。

このまま朝まで船の中で待機か、今すぐ外に出るか……。ルディは未知の惑星の夜の森を歩くのは、何が出るか分からないし危険だと考える。と、いうことで待機に決定。

「あのドラゴンはいつまで居るんだ？」

液晶モニターを見ると、ドラゴンは先ほどと変わらず、近くの空を旋回していた。

とりあえずドラゴンは放置して、現在地を調べようと液晶モニターで地図の範囲を拡大する。

すると、現在地から西へ80㎞ほど離れた場所に巨大な建築物を見つけた。

『マスターどうしますか？』

「……朝まで寝る。ドラゴンが去ったら、今見つけた建物の近くまで飛んで、こっそり隠れてくれ」

ルディは星に降りた途端にドラゴンに出鼻をくじかれて、不貞寝しようと決めた。

『おやすみなさい』

ルディはハルの返答に頷《うなず》くと、操縦席を離れて休憩室のベッドで眠りに就いた。

ルディが眠ってから2時間後。ドラゴンが諦《あきら》めて巣に帰る。

安全を確認したハルは、ルディが指示した建物から9㎞離れた場所へ揚陸艇を移動させた。

そして、偵察用のドローンを射出して建物の偵察を開始する。

ハルはドローンから送られてきたデータから、建物が旧世代の宇宙船と判断した。


目覚めたルディは揚陸艇の小さな食堂で朝食を取りながら、ハルの報告を聞いて眉《まゆ》をひそめた。食べているのは栄養バランスの取れる、レーズン入りヨーグルト味のスティックバー。ルディのお気に入り。


「宇宙船？」

『イエス、マスター。データを送ります』

ハルが壁に付けられたモニターに、ドローンの送った宇宙船の画像を映す。

宇宙船は周りの木々と比較して、全長は７００m以上。金属の外郭には所々穴が開いている。シダに全体を覆われており、遥《はる》か昔に廃棄された物らしい。

「形状が古いけど、大きさから巡洋艦クラスの戦闘艦か？」

『データと照合した結果、１２００年ぐらい前の銀河帝国の巡洋艦です』

この惑星を調べる重要な手掛かりになるかもしれない。一度行ってみる価値はある。ルディは腕を組んで考えると、目的地を謎の宇宙船に決めた。

「宇宙船内に生命反応は？」

『今のところ1体の動く生命反応があります。知的生命体かは不明』

「だとしたら、武器を装備していない揚陸艇で行くのは危険だな。現地に行っても連絡は取れるか？」

『無線連絡は可能。ただし、まだ通信衛星を設置していないため、揚陸艇から10㎞以上離れたら連絡不能です』

現在、揚陸艇が停まっている場所は、謎の宇宙船から９㎞離れた場所にある。

「それなら大丈夫だな。了解。俺が行ってみる。その間、機体が故障していないかチェックしてくれ」

『イエス、マスター。お気をつけて』

ハルとの会話を終えたルディは、揚陸艇の扉を開けて最初の一歩を大地に降ろした。

踏み締める雑草と苔《こけ》の地面は絨毯《じゅうたん》とは違って柔らかい。頬に当たる自然の風が清々しかった。

ルディが深呼吸して自然の空気を吸う。春になったばかりの季節、肺に入った冷たい空気が気持ち良い。

「さてと……」

ルディは気分をリフレッシュさせると、左薬指にある指輪を確認する。

朝日に反射するプラチナで作られたアナログの指時計《どけい》は、現地時間で朝の７時を指していた。

移動前に、ルディが左目のインプラントをサーモグラフモードに変更させる。近くに大型で人を襲うような敵はなし。

サーモグラフモードを切って、今度は空中投射スクリーンを出してマップを表示。目的地の廃棄された宇宙船の場所を把握する。

「では出発だ」

ルディは電子頭脳にインストールした『サバイバル』スキルを活用して、森の中を西に向かって軽々と歩き始めた。


森を歩き始めて1時間後。

ルディは目的地まで半分の距離を歩いて、岩から染み出る水を見つけた。

本当ならば生水は避けるべき。だが、歩き続けて喉《のど》が渇いていた。

そこで、手のひらに水をすくって、左目のインプラントで水分データを分析する。

「有毒な成分なし。寄生虫もなし……。おや？　水にもマナが含まれているな」

ルディは大腸菌などの有害成分がなく普通に飲めると判断する。マナは……有害だったら今頃死んでいる。

再び水をすくって今度は口に含む。初めて飲む天然水は冷えていて、ただの水なのにルディは美《お》味《い》しいと思った。

ルディが休んでいると、彼の背後でガサッと木の葉が揺れる音が鳴った。

サッと振り返り、左目をサーモグラフモードにして確認する。

すると、茂みの中に子供ぐらいの大きさの生物を見つけた。さらに周辺を見渡せば、同じ生物が彼の周りを取り囲んでいた。
4、5、6匹……7匹。囲まれたか……。体形から判断して、降下前にモニターで見たゴブリンか？　おそらく友好的ではないだろう。
ルディがゆっくりと立ち上がる。腰に差しているショートソードの取手部分をリズミカルに叩《たた》き、体を揺らし始めた。

……来た‼

背後からの気配の変化に、揺らしていた体に勢いを付ける。体を回転させながら腰の剣を抜いて薙《な》ぎ払《はら》った。

ルディの攻撃でゴブリンの手首が切断。悲鳴を上げたゴブリンが、掴《つか》んでいたこん棒を地面に落とした。

止血しようとゴブリンが手首から先のない右腕を押さえる。だが、切られた箇所から流れる血は止まらず、宙に血の雨を降らした。

とどめにルディが肩から切り裂く。切られたゴブリンは、肩口から鮮血を噴き出して地面に倒れた。

「本当に見た目はゴブリン族だな」

出血が止まらず痙攣《けいれん》しているゴブリンに、ルディが眉をひそめる。

宇宙の運送稼業は結構危ない職業で、ルディは何度か海賊に襲われて戦った事があった。その経験から殺生に何も抵抗はない。別に好き好んでやっている訳でもない。自分を殺しに来るならば、ゴブリンだろうが人間だろうが、殺すのは当然だと思っていた。

再び背後に気配を感じて振り返る。今度は2匹のゴブリンが武器を構えて、ルディに襲い掛かった。

右のゴブリンがこん棒で殴り掛かってきたのを、ルディがショートソードで迎え撃った。強化セラミックのショートソードの刃は鋭く、こん棒を真っ二つに切ると、手元しか残っていないこん棒にゴブリンが驚き、目をしばたたいた。

だが、同時に襲ってきた左のゴブリンへの対応が間に合わない。

左のゴブリンが振り下ろした錆《さ》びた剣に対応できず、ルディは思わず左腕を前に出した。

しまった‼　そう思っていても既に遅い。ルディが腕を出したのは経験不足が故のミスだった。

切ったと思ったゴブリンが嘲笑《あざわら》う。しかし、直ぐに変だと思って首を傾《かし》げた。

何故《なぜ》なら、切ったはずなのに感覚がなく、ルディも全く痛がらない。つまり、攻撃が効いていない。それに気づいたゴブリンが元から醜い顔を歪《ゆが》ませた。

さすが強化コーティングだな。ルディが心の中でハルの製作した服を褒める。そして、心を切り替えて反撃に転じた。

戸惑うゴブリンの左肩を掴んで心臓にショートソードを突き刺す。ゴブリンが胸に刺さったショートソードを見ながら吐血して痙攣を始めた。

直ぐに体からショートソードを引き抜き、そのまま右のゴブリンの首へショートソードを一閃《いっせん》。すかさず後ろに飛んで、2匹から離れた。

首を斬られたゴブリンはキョトンとした表情を浮かべていたが、ゆっくり頭だけが後ろへ倒れ始める。同時に残された首から鮮血が噴水のように噴き上がった。

残りは4匹。仲間を倒されてゴブリンがキーキーと罵声《ばせい》を上げ、逆にルディは高揚する心を落ち着かせる。

ショートソードを左右に振って血を振るい、右手の中で軽く回す。左手を前に出してゴブリンを手招きした。

その挑発行動に、最後尾のゴブリン以外の3匹がキレて襲い掛かってきた。

相手とルディの距離が2mまで迫った瞬間、ルディの電子頭脳が高速処理を開始。

近づくゴブリンがスローモーションのように、動きが鈍くなった。

説明すると、ルディは電子頭脳を高速処理させて、ゾーンと呼ばれる極限の集中状態を無理矢理作り出す事ができた。その効果は、動体視力と行動が通常の30倍まで上昇する。

ただし、再使用には30分のチャージ時間が必要なのと、持続時間は5秒間だけ。それを超えると自動で元に戻る仕様だった。

スローモーションの世界で、ルディが左右のゴブリンの間を潜り抜ける。その際、ショートソードを左右に振り払い、ゴブリンの首を切った。

さらに3匹目のゴブリンの喉元《のどもと》にショートソードを突き刺すと、そのまま体を回転させて背後へ回った。

ゾーンが終了して世界が元に戻り、3匹のゴブリンの背後で、ルディがショートソードの血糊《ちのり》を払って鞘《さや》にしまう。

その音に気づいてゴブリンが振り返るが、その瞬間、3匹の首から鮮血が噴出した。

地面に倒れたゴブリンは、何が起こったのかを理解できず、そのまま息絶えた。

最後の1匹は仲間が殺される光景を見るや、慌てて逃げ始めた。

ルディは仲間を呼ばれるのは面倒だと考え、背中から弓と矢を取り出す。

右目を閉じて、左目のインプラントを望遠モードに変えると、逃げたゴブリンをターゲットに捉《とら》えた。

ゴブリンの背中に向かって矢を放つ。放たれた矢は緩い放物線を描いて、ゴブリンの後頭部を撃ち抜いた。

弓をしまって、ゴブリンの死体から持ち物を確認する。

「こん棒に錆びた剣。服は腰布一枚……冬になったら凍死するぞ」

ルディは死体に向かって軽く肩を竦《すく》めると、再び森の中を歩き出した。

◆

ゴブリンとの戦闘から1時間。

ルディは目的地の宇宙船の近くまで移動して、近くの茂みに身を隠していた。

森の中の移動は体力を消耗する。だが、ルディは何故か疲労を全く感じていない。

何となく体が調子良いなと思いつつ、「まあ、いっか」の一言で片づけた。

『ハル、聞こえているか？』

『イエス、マスター。聞こえています』

電子頭脳を通してハルに連絡を入れると、すぐに返答がきた。

『現地に到着した。そちらはどうだ？』

『衝撃によるダメージはありましたが、致命的な損傷はありませんでした。いつでもナイキに戻れます』

『了解。これから中へ侵入する。偵察させていたドローンを寄越してくれ』

『イエス、マスター』

すぐに別の場所で待機していた反重力ドローンが現れて、ルディの傍《そば》に控えた。

『データがロストしてなければ、この星の情報が入手できるはずだ』

『お気をつけて』

『何かあったら連絡する』

ルディはハルとの通信を切ると、ドローンと一緒に宇宙船に向かって歩き始めた。


宇宙船のハッチは閉じられていて入れなかった。だが、船底は地面で削られたような痕跡《こんせき》があり、人が入れるぐらい大きな亀裂があった。

これは不時着した跡か？　ルディはその痕跡を見て宇宙船の後ろへ視線を向ける。

左目のインプラントを望遠モードにして確認すれば、不時着した時にできたと思われる凹凸が何百mにも亘って伸びていた。

ハルの話だと、この宇宙船は１２００年前の型らしい。おそらく、この星に来たのもそのぐらいだろう。

船内に入ると、光の届かない通路の奥は何も見えず、ルディはドローンに命令してライトをつけさせた。

照らされた通路は奥の方まで朽ち果てていた。壁には外に生えているシダが侵入しており、びっしりと覆っている。

通路を少し歩くと、茂ったシダの隙間《すきま》から末端パネルを見つけた。シダをかき分けてパネルを弄《いじ》るが反応はない。

１２００年前の代物だから、完全に電源が死んでいるな。この事は外壁の惨状からルディも予想していた。

末端パネルに書かれている文字は、現在でも銀河帝国で使われている文字だった。

これで、この船が銀河帝国の船だと確信する。

「まさか、降りて早々こんな事態になるとは思わなかった。普通に銃を持ってくればよかった」

後悔先に立たず。ルディは安全を確保しながら、まずは船のＡＩ管理室の場所を探し始めた。

しばらく歩いて奥へ進むと、土で汚れた硬化プラスチックの床に幾つもの骨が落ちていた。

ルディがしゃがんで骨を調べると、かみ砕かれた跡が残っていた。

どうやら肉食生物に食べられたらしい。サイズからゴブリンと同じか、もしくはそのゴブリンだろう。

ここへ来る途中でゴブリンと遭遇した……住処《すみか》にできそうな宇宙船が近くにある。それなのに、船内にはゴブリンが生息している様子がない。つまり……ここには肉食の生物が棲んでいる。

その結論にたどり着くより早く、通路の奥から獣の唸《うな》り声と足音が聞こえてきた。

ルディは声のする方を睨《にら》み、ゆっくりと立ち上がった。

声の主がドローンのライトに照らされて姿を見せる。

背丈はルディより高く二メートル五十センチほど。体形は四足歩行で犬のような生物。

体は黒色の体毛で斑《まだら》に覆われていた。所々見えているむき出しの肌は灰色で、岩のように荒れている。

爬虫類《はちゅうるい》のような顔をしていて、口がワニのように長く伸びている。さらに上顎《うわあご》が左右に分かれており、口が3つに割れていた。口を広げて噛《か》みつけば、ルディの頭ぐらいなら丸かじりできるだろう。

黄色の瞳《ひとみ》の中に割れた黒い瞳孔《どうこう》。その目は捕食者のものであり、ルディを嬉《うれ》しそうに歓迎していた。

すげー美味《おい》しそうにこっちを見てるなぁ……。ルディは相手の口から流れる涎《よだれ》を見て、能天気な事を考えた。

『明かりを消せ』

ルディはショートソードを抜剣して正面に構えると、電子頭脳からドローンに命令を送って照明を消させた。

通路が暗くなると同時に、ルディは左目のインプラントをナイトビジョンに切り替える。暗闇《くらやみ》の中、ルディの左目が目の前の獣の姿を捉えた。

「グルルルッ！」

明かりが消えて視界を失った獣が唸り声を上げて身構える。だが獣は左から近づく気配に感づいた。

左へ振り向いたその時、闇《やみ》に紛れてルディがショートソードを振り下ろした。

ショートソードが獣の上口に当たる。だが、獣の硬い皮膚が攻撃を弾《はじ》いた。

硬い！　相手の防御力にルディが目を見張る。

だが、相手は暗闇で目が見えていない。今ならこちらが優勢だ。

そう考えたルディは、連続で攻撃を仕掛ける事にした。

ショートソードを下から振り上げて獣の顎《あご》を狙《ねら》う。これも弾き返される。

攻撃された方向から獣がルディの位置を把握して、口を広げて噛みついてきた。

唾液《だえき》に濡《ぬ》れた口が目の前に迫り、ルディの瞳孔が開く。

ショートソードを払って相手の顔に叩《たた》きつけ、右後方に飛びのいた。

初手の攻撃が終わり、お互いに距離を取る。ルディが剣を構え、名もなき獣は唸り声を上げる。

攻撃が効かない。それにあの硬さはなんだ……この剣は岩だって切れるんだぞ！

ルディが息を飲んで相手を睨めば、獣もルディをヤワな被食者ではないと認識して、睨み返してきた。

暗い通路の中でお互いの力を認め合う。

一人と一匹の、殺すか喰《く》うかの戦いが始まった。

ルディの剣が何度も獣の体を叩きつける。しかし、その肌は鉄のように硬く、何度も弾き返された。

獣も不気味な口を広げて噛みつき、爪で引《ひ》っ掻《か》こうとする。それをルディは剣で払いのけ、時にはレガースを付けたブーツで蹴り返した。

ルディと獣が同時に前に出る。獣の牙《きば》とルディの剣が衝突して、火花が飛び散った。

鍔迫《つばぜ》り合《あ》いでルディが押され始め、次第に仰《の》け反《ぞ》ってしまう。

倒れそうになる寸前、ルディは剣に緩急をつけて不意を突《つ》き、左足のハイキックを相手の顎に叩きつけて飛びのいた。

10分以上戦うが決定打が出せず、一旦《いったん》、ルディが獣から離れて思考する。

向こうも闇に目が慣れてきて条件はイーブンだ。ゾーンを使うか？　いや、そちらが明かない。

れだけだと確実に倒せるとは限らない。だったら……。

ルディが背中に回していた鞄《かばん》に左手を突っ込むと同時にドローンへ命令を下した。

「ライトを点けろ！」

背後に控えていたドローンがすぐさまライトを照らすと、光に目が眩《くら》んで獣が顔を横に逸《そ》らした。

ルディの電子頭脳が高速処理を起動。

遅くなる世界の中、ルディは獣に接近するや否や、鞄から取り出した小型グレネードを獣の口の中に投げ入れた。

本来ならばグレネードは強い衝撃がなければ爆発しない。だが、ルディはゾーンを発動して30倍の速度で投げ入れていた。

結果、グレネードが２００㎞／hを超えて口の中に入るやいなや、喉《のど》ぼとけに触れて内部から爆発した。

ルディは警戒を解かずに様子を窺《うかが》う。しばらくして煙が晴れると、内部から顔を消し飛ばされた獣の体が、床に倒れて痙攣《けいれん》していた。

……これなら確実に死ぬだろう。ルディは安堵《あんど》のため息を吐《つ》いて、ショートソードを鞘に納めた。痙攣が止まって死んだ獣の姿に、ルディがやりすぎたかなと少しだけ反省。

『ハル、聞こえるか？』

『感度は良好です』

『中に凶暴な肉食生物が棲んでいた。他の生物はコイツに喰われて居ないだろう。揚陸艇をこっちへ移動させろ』

『イエス、マスター。揚陸艇を移動させます』

ハルとの通信を終わらせると、ルディは獣に一礼して敬意を表し、通路の奥へと進んだ。

第二章　森の魔女

ドローンのライトで照らされた暗い通路をルディが歩く。

ＡＩ管理室は船の中央、操縦室は前方、エンジン部分は後方。ルディはどの船でも時代に関係なく構造は同じだろうと、船の中央を目指した。

ルディは移動中、幾つもの扉を見つけて開けようと試みる。

電源が入っていた頃は電子ロックで閉じられていた扉も、今は電源が切れていて鍵《かぎ》は掛かっていない。だが、油圧式の扉は重くて開けるのに力一杯引く必要があった。そして、苦労して扉を開けても部屋の中はもぬけの殻。

ルディは数部屋を確認した後、部屋を調べるのは時間の無駄だと、残りの部屋を素通りした。

船内を歩いて中枢部まで移動すると、大きい扉を見つけた。

ルディが扉の横のプレートを見れば、「メインＡＩルーム」と書いてあった。

「ここが軍用ＡＩのある部屋か……もしＡＩが生きていたら頭が堅そうだな」

ルディは軍用ＡＩの性格を想像しながら、扉の取っ手を掴《つか》んだ。

「ぐぬぬぬぬ……」

ルディが引いても扉はびくともしなかったが、諦《あきら》めずにさらに力を込める。すると、扉の錆《さ》びた部分が剥《は》がれて、音を立てて一気に開いた。

ルディが部屋を覗《のぞ》くと、部屋の中央には巨大な円柱型のサーバーが置いてあった。

サーバーの土台部分は壁まで広がって、床から2ｍの高い部分からは円柱が天井まで伸びていた。

ルディは部屋の中に足を踏み入れて、天井まで届きそうなサーバーを見上げる。

「これは俺も見た事がないぐらいの旧型だな」

ルディの見立てでは土台部分は記憶領域。円柱は幾つもの演算装置が組み込まれていると推測した。

ルディはサーバーのコンソール前に近づいて電源スイッチを押下するが、サーバーは起動しなかった。

「やはり動かないか……。それにしても、軍用だからなのか旧型だからか知らないけど、こんな大きかったらナイキに持ち帰れないな」

必要なのは演算装置ではなく記憶領域。だが、この部屋から出すのも不可能な大きさに、ため息を吐《つ》いた。

『マスター。到着しました』

ルディが悩んでいると、ハルからの連絡がルディの電子頭脳に入ってきた。どうやら揚陸艇を宇宙船の傍まで移動させたらしい。

『ドローンを通じて見ているだろ。コイツをどう思う？』

『かなりの旧型ですね。おそらく知能はあると思いますが、柔軟な思想を持たないのでは？』

『まあ、それは置いといて、本当ならナイキに持ち帰って分析したかったけど……』

『そもそも、その部屋から出すのも無理ですね』

『だからここで処理するしかない』

ルディはハルと相談した結果。一度、揚陸艇をナイキに帰して、電源ユニットと修理道具を積んで戻り、ここでサーバーを修理する事に決めた。


ルディが指輪型のアナログ時計《どけい》を見れば、時刻は正午を回っていた。昼食の時間だと思った途端、お腹の虫が鳴り出す。

それにしても、朝から二度の戦闘があったのに疲れていない。ルディはその事を不思議に思うが、今はそれよりも早く外に出てご飯を食べよう。

ルディが来た通路を戻って腹を摩《さす》りながら外に出ると、またハルが話し掛けてきた。

『マスター。揚陸艇の前に誰かが居ます』

『……何？』

その報告にルディが揚陸艇の方に視線を向けるが、人の姿はどこにもない。

『誰《だれ》も居ないぞ』

『インプラントをサーモグラフに切り替えてください。私もドローンのサーモグラフでたった今知りました』

ルディが左目のインプラントをサーモグラフモードに切り替える。すると、肉眼では何もない場所に人の姿が現れた。

『本当だ。誰かが居る』

目をしばたたかせて相手の様子を窺《うかが》う。赤外線のシルエットから、姿を隠している人物は成人の女性らしい。

女性の方も宇宙船から現れたルディに気づいたのか、驚いた様子で彼の動向を観察している様子だった。

『光学迷彩で姿を隠しているのか？』

『この星でそこまでの技術の存在を確認していません。おそらく、この星の魔法技術の可能性が高いです』

『魔法でそんな事もできるんだ……』

ルディがじーっと女性を見つめていると、女性がたじろいだ。

その様子から、ルディは女性がいきなり攻撃してくる意思がないと判断する。それに、今は腹が減って戦うのがだるかった。

ルディが警戒心を解いて揚陸艇に近づく。揚陸艇のハッチが自動で開き、自動ドアと油圧音に女性が慌てた。

発展した科学は魔法と言うけど、まさにそれだな。女性の様子にルディが笑みを浮かべる。

ルディがハッチのタラップに足を踏み入れるが、中には入らずに女性の方へ振り向いた。

「ご飯、一緒に食べろです?」

初めて喋《しゃべ》ったこの星の言葉にルディが「ん?」と思う。どうやら、ハルが設定した翻訳機能はかなり訛《なま》った話し方になるらしい。

ルディから声を掛けられた女性がビクッ！と体を跳ね上げた。そして、動かずにルディをジーッと見つめる。だから、ルディも同じく女性を見返して反応を待った。

そのまま30秒ほどにらめっこを続けていると、根負けした女性が軽くため息を吐いて、魔法で隠していた姿を現した。


彼女の名前はナオミ。この森に一人で暮らす魔法使いだった。

身長は172㎝。ルディよりも10㎝程背が高く、軽いくせのある真《ま》っ赤《か》な髪を背中の中ほどまで伸ばしている。

見た目の年齢は二十代後半。顔つきは美人だけど目つきは鋭く、才女の雰囲気があった。

女性を見てルディが一番目に付いたのは、彼女の顔の左半分を覆う痛々しい火傷痕《やけどあと》だった。

火傷痕で肌が茶色く変色しており、元が美白なだけに余計目立つ。彼女はそれを人に見せないよ

うに前髪で隠していた。

左手にぐにゃぐにゃ曲がった杖《つえ》を持っている。服は上下とも森の色と同じ深緑に染められた、膝《ひざ》丈《たけ》までのワンピース。その下にズボンをはいているが、上下とも所々綻《ほころ》びや汚れがあった。

服だけ見れば汚らしく、ルディは森の中にも家なしで暮らす者が居るのかと疑った。

「やっぱり気づいていたか……」

ナオミから話し掛けられてルディが頷《うなず》く。

ハルの作った翻訳アプリケーションは喋り方は変だけど、ヒヤリングの方は正常に機能していた。

「それで、この空を飛んでいた鉄の船は君の物なのか？」

「チョイト待ちやがれです。先に中に入れ。ご飯食った後、説明してやろうです」

ルディはナオミから、この星の情報を入手したかった。だが、今は異常なまでの空腹が押し寄せており、何よりも先に腹を満たしたい。

という事で、ルディはナオミを食事に誘って自分は無害だとアピールしつつ、餌付けを企《たくら》んだ。

「言葉遣いが滅茶苦茶だけど、もしかして食事に誘っているのか？」

「言葉遣いで……で？　は気にするなです。僕、滅茶苦茶腹が減りやがってる。食ってくか立ち去るか、早く決めやがれです」

ルディの喋り方が面白かったのか、ナオミが笑いを堪《こら》える。だが、それで緊張していた空気がガラッと変わった。

ナオミは悩んだ末、好奇心に負けて、ルディの後に続いて揚陸艇の中へ入った。

揚陸艇に招かれたナオミは船内の食堂で椅子に座り、困惑の表情を浮かべていた。

部屋の家具はどれも見た事のないデザイン。天井を見ればランプがないのに光っている。座っている椅子も、目の前のテーブルも、ナオミが今まで見た事のない不思議な金属だった。

そして、ルディから出された飲み物《コーヒー》は、毒じゃないかと疑うほど黒い。入れているカップも大理石のように白く、一目で高級品だと気づいて唾《つば》を飲み込んだ。

「何なんだここは？　王族でも手に入れられない貴重品ばかりだぞ」

毒ではないと思うが、出された飲み物の正体が知りたい。

そこでナオミは、色々と質問するべく、奥で調理中のルディに話し掛けた。

「君……えっと、何と呼べば良い？」

「僕、ルディですー」

ルディが自分の発言に首を傾《かし》げる。自分では俺と言ったつもりだったが、どうやら翻訳の言語設定が誤って、「俺」を「僕」と変換したらしい。

直そうと思えばすぐに直せるけど、ルディは面白いからこのままでいっか！　と放置した。

「ルディだな。私はナオミだ。それで、ルディ君、これは何という飲み物だ？」

「コーヒー……飲みますこと……ない？」

「飲んだ事？　コイツはコーヒーと言うのか。見た事すらない」

「そう……待つです」

ルディはそう言うと、食料棚から複数の小さい容器を持ってきてナオミの前に置いた。

「苦いかったら……これ入れろです」

「これは？」

「ミルクとガムシロップです」

「ガムシロップ？」

「……砂糖？」

ガムシロップは砂糖ではなく、ブドウ糖と果糖の混合物。

ルディはガムシロップの成分を知らず、甘いという認識だけで砂糖と勘違いしていた。

「知らないのか？」

「知らないです、甘い」

ルディは首を傾げて答えると、また奥へ引っ込んだ。

ナオミがテーブルに置かれた容器を掴み、顔の近くに寄せて観察する。

何でできているのか分からないが、この容器は柔らかいのに壊れず頑丈らしい。それと、少しだけ出っ張った部分を引っ張れば開けられるみたいだ。だけど、まず先に飲み物の味を知らないと……。

ナオミがカップを持ち上げてコーヒーの匂《にお》いを嗅《か》ぐ。すると、彼女の鼻孔を香ばしい香りが刺激した。

これは……もしかして、見た目とは逆に美味《おい》しいのでは？　そう思って一口飲んでみた。

「……にっが‼」

コーヒーを飲んだ瞬間。ナオミが叫び、慌ててガムシロップとミルクを投入した。

ルディがドローンと一緒に運んできた料理は、ナオミが見た事もない中華料理の数々だった。

「これは君が作ったのか？」

「エビチリ、八宝菜、酢豚。それに、ご飯と卵スープを付けた中華料理……こってり系が……食べてーかったです」

ルディが一流コックにでもなったつもりなのか、ドヤ顔を浮かべる。

だが、実際は手早く作るために、味付けは食品メーカーの料理の素を入れただけ。

「匂いは美味しそうな感じだな」

テーブルの上の料理から漂う香りがナオミの食欲をそそる。だけど彼女は先ほど飲んだコーヒーを忘れていない。もしかしたら、この料理も匂いだけで、死ぬほど苦かったりしょっぱいのかもしれないと思った。

ナオミが戸惑っている間に、ルディが山盛りのおかずを分けて彼女の分を目の前に置いた。

「どーぞです」

後はご勝手にと、ルディは椅子に座って手を合わせると、がむしゃらに料理を食べ始めた。

ナオミは料理を前にして戸惑っていた。目の前にはスプーンもフォークもない、どうやって食べろと？

目の前の少年を見ていると、どうやらこの料理は箸《はし》という二本の棒を器用に使って食べるらしい。

ナオミもルディの真似《まね》をして箸を掴《つか》んだら、一本が滑ってぽろっと床に落ちた。

箸を拾おうとナオミがしゃがむ前にドローンが近づいて、体の一部から腕を出して箸を掴んだ。

「……あ」

ナオミが戸惑っているとドローンが戻ってきて、箸の先を紐《ひも》で結んだ物をナオミに渡した。

「これで食べろと？」

ナオミの質問にドローンが空中で上下に揺れて、部屋の隅に移動して動かなくなった。

「なあ、あれはなんだ？」

「モグモグ……ゴックン。質問は飯の後にしやがれです」

ナオミがルディに質問するが、今の彼は食事に夢中で相手にしてくれなかった。

聞きたい事が山のようにあったけど、とりあえず今はルディの言う通り、ナオミも料理を食べる事にした。

まず最初に、ナオミはルディが説明したエビチリを食べようと、とろっとしたオレンジ色のソースに絡んだエビを箸で掴む。

エビをジロジロと観察してから、ゴクリと唾を飲んで、パクッと口に入れた。

「……⁉」

食べた途端、辛さの後に甘さが来て、食材のプリッとした食感と酸味が口の中に広がった。

「な、なんだこれは……う、美味《うま》い‼」

ナオミは最初の一口で料理の美味さに感動すると、目の前の皿の料理を食べる事に全力を注いだ。

八宝菜という料理は様々な野菜に卵、それと豚肉。複雑な味付けにとろみを付けて、それが料理を熱々にして美味しかった。

酢豚は油で揚げた何かの肉と人参《にんじん》やピーマンが酸っぱいけど甘じょっぱく、こちらもとろみがあり、酸っぱさが食欲を引き立たせた。

どれもが食べた事のない料理。この数年間、塩と僅《わず》かなハーブを入れただけの煮込み粥《がゆ》しか食していなかったナオミにとって、天上にも上る美味さだった。


ルディとナオミは山ほどあった料理をあっという間に平らげた。

ルディは中華料理の食後はプーアル茶だろうと、お茶を淹《い》れる。二人揃《そろ》ってお茶を飲み、満足な笑みを浮かべていた。

「あんな料理は初めて食べた。本当に美味しかった」

「どういたしましてです」

「改めて自己紹介しよう。私はナオミ。この近くで暮らしている」

「僕はルディですー」

「それで色々と質問したいのだが、構わないか？」

「どぞーです」

「まず、最初に聞きたいのは、君は何者だ？」

その質問にルディが困惑する。いきなりアイデンティティを問われても、なんて答えれば良いのか分からない。

「……宇宙人です？」

だから、首を傾《かし》げてどこから来たのか言ってみた。

「宇宙人？　その宇宙とは、太陽とか月とか星のある場所を言っているのか？」

そこから⁉　ルディはまさか、こんな初歩的な科学の質問が返ってくるとは思わず驚いた。

すると、会話を聞いていたハルがルディの電子頭脳に話し掛けてきた。

『マスター。宇宙から来た事を話して良かったのですか？』

『ん？　この周辺に集落はあるか？』

『上空からは確認できません』

『という事は、このナオミという女性は、一人で森の中で暮らしているのだろう。理由は顔の火傷《やけど》だろうな……おそらく人里離れて暮らす彼女の口から、俺の正体は広まらない』

『理解しました』

ルディがハルの質問に答えている間、ナオミは彼をジロジロと観察していた。

「……ふむ。見た目は普通の人間だな。ただ、私の見立てでは体内に全くマナを感じない。君は魔法を使えるのか？」

「魔法、使いない。ナオミは魔法……詳しくです？」

「まあ、他人から恐れられるぐらいにはな」

ルディの質問に、ナオミが自虐的な笑みを浮かべた。

「さっき姿を隠れやがったです……魔法？」

「どうやって見破ったか知らないが、そうだ」

ナオミが目をつぶって集中する。小声で呪文《じゅもん》を唱えると、体がぼやけて姿が消えた。

「おお――！　すげーです」

ルディが興奮して拍手をすると、ナオミが照れた様子で姿を現した。

「幻術系の魔法は、森の中で生活するのに必須《ひっす》だからな」

「ふむふむ。系統、詳しく教えろです」

「……ふむ。食事のお礼に教えてあげよう」

こうしてルディは、ナオミからこの惑星の魔法について詳しく教わった。

ナオミの説明によると、魔法の系統は地、水、火、風、幻、魔、光、闇《やみ》の8種類。人それぞれ系統の素質があって、使えるものと使えないものがある。

魔法は呪文を唱えて、体内に溜《た》めていたマナを使用する事で発動する。そして、威力やマナの保有量は、素質八割、修業二割で決まった。

マナは空気中にも漂っており、体内のマナは自然に回復するが、食事をすることでより早く回復する。そして、回復速度は生まれ持った素質で人それぞれだった。

ナオミはマナの回復速度と保有量が他人よりも優れていて、全系統の魔法を使えた。それ故に、彼女はかなり有名な存在で、「奈落《ならく》の魔女」、もしくはただの「奈落」と呼ばれて、恐れられているらしい。

「……奈落」

「私が自分で名乗ったわけじゃないぞ。その名を付けたヤツは一度でいいから自分で言われてみろ。すげー恥ずかしいから」

ルディがカッコ良い二つ名だなと思っていたら、ナオミが本当に嫌そうな表情を浮かべた。

一方、ナオミは奈落の魔女と聞いても全く驚かないルディを深く観察していた。

実はこの森に隠居するまで、彼女は史上最強と名高い魔法使いだった。

その事を知らないルディの反応を、ナオミは面白そうに眺めていた。

「ところで、ルディは迷宮から出てきたが、斑《まだら》と出くわさなかったか？」

ナオミの質問にルディが首を傾げる。

「迷宮とはなんぞです？」

「ルディが出てきた場所の事だ」

それでルディも迷宮が墜落した宇宙船の事だと分かった。

「斑とはなんぞです？」

「あの迷宮には、何百年も前から武器も魔法も効かない、体毛が斑な人食い獣が棲み着いている。迷宮の中に入ればその獣に襲われて、大抵の人間は食い殺されるか、慌てて逃げ出すかのどちらかだ」

「おっかねーです」

「まるで他人事《ひとごと》だな。そこから平然と君は出てきたんだぞ。何をしに入ったのか、そして、斑と出会わなかったのか、それが聞きたいのさ」

「なるほどです。お毛々が斑の獣は居たけど、ボコボコにしてやったのです。中に入った目的は……調査です」

ルディの返答に、ナオミが眉《まゆ》をひそめた。

ボコボコ？　まさか、倒したとでも言いたいのか？　しかし、この少年からは微塵《みじん》も魔力を感じないし、見た感じも強くなさそうだが……。もしかして、背後に控えているゴーレムみたいなのが強いのか？

ナオミはそう考えて質問したかったが、今は他にも色々と聞きたい事があるので、後回しにした。

「調査とは？」

「話すと……長いなるます」

「そっちが良ければ詳しく話してくれないか？」

「なんでです？」

「ただ単純に興味があるからだ。私は世間が煩くて隠居したけど、森の中で暮らしているだけだと暇で刺激が欲しいのさ」

あまりにも自己本位な理由にルディは目をしばたたく。

だけど、誰《だれ》も友達が居なそうな、この人になら話しても良いかと、ルディはこの星に来た経緯を語り始めた。

「だったら聞けです。実は僕、迷子《まいご》です」

「迷子？」

「そう。宇宙が迷子……が、がー、が？　……違う、宇宙で迷子です」

「私は知らないのだが、宇宙とは広いのか？」

「宇宙は無限……広いです」

「無限に広いのか……想像できないな」

「だからゲート使え……ワープ一瞬でピューッと飛ぶです」

「実際にそんなのはないが、魔法の扉を使って別の場所に飛ぶという感じか？」

ナオミの譬《たと》えにルディがその通りだと頷《うなず》く。

「そのゲート、船……ワープやる時……違う、する時、事故……別の場所に飛ばさーれた……帰れないです。飛んだ先、偶然、この星の宇宙、近かったです」

「待て」

説明の途中で、突然ナオミが右手を出して話を止めた。

「……1つ質問して良いか？」

「なーに？」

「星と言ったな。私たちが住んでいるこの大地は、夜空で輝く星の1つなのか？」

「……？」

ルディが何を当たり前な事を言っているんだと思っていたら、再びハルがルディの電子頭脳に話し掛けてきた。

『マスター。彼女は天動説を言っているのでは？』

『天動説とは何ぞ？』

『はるか昔、人類が宇宙へ出る前に信じられていた説です。内容は地球型惑星を中心に宇宙が回っていると説いています』

『それは何の冗談だ？』

『残念ながら、実際に存在した説です』

『マジかぁ……』

ルディは天動説を信じている人間に事実を知ってもらうには、実際に映像を見せるのが一番手っ取り早いと考えた。

『よし！　百聞は一見にしかずだ。ナイキからの衛星画像をモニターに映せ』

『イエス、マスター』

ルディの命令に従い、ハルはナイキから観測している惑星の画像を、食堂の壁に付けられたモニターに転送した。


何も言わなくなったルディをナオミが訝《いぶか》しんでいると、突然壁のモニターに星を映す画像が現れた。

「なっ⁉」

それに驚き、ナオミがイスから立ち上がる。

「これが、ナオミが暮らす星……惑星の姿です」

ルディが惑星について説明する。ナオミはルディの話を聞きながら、白い雲に覆われた青と緑の美しい惑星に見惚《みと》れていた。

「これが、今、私が暮らしている星……？」

「そーです。結構、きれーな星です」

「……分からん。もし言っている事が本当なら、何故《なぜ》、星の下にいる人間は落ちない？」

「重力に星がある……逆、星に重力があるです」

「重力とは何だ？」

「簡単だけど……説明するです」

ナオミの質問に、ルディが万有引力と簡単な力学を教えた。

「……実に驚きだ。まさか、世界がこうなっているとは、露ほども思わなかった！」

万有引力を理解したナオミが目を輝かせている様子に、ルディは「もしかしたら、この人は天才か？」と驚いていた。

ナオミは今まで知らなかった世界の理を知る。

この世界は丸い星で、星は太陽を中心に回る。星が1回転すれば1日で、太陽を1周すれば1年。季節があるのは星が傾いているから。

「面白い、本当に面白い‼ 私はこんな綺麗《きれい》な星に住んでいたのか！」

感激したナオミがうっとりと惑星を眺めていると、ルディが話し掛けてきた。

「そろそろ話、戻せです」

「……そういえばルディの経緯を聞いている最中だったな」

「ナオミ、言ってろ。この星の人間と僕が……その、似てやがるって。だから……宇宙船、調べに入ったでーす」

「宇宙船？　つまり、私が迷宮だと思っていたのは、君が乗ってきた宇宙船と同じ物なんだな。それと、『言ってろ』じゃなくて、そこは『言ってた』だ」

「言ってた、言ってた……直す。で、型、時代、違うけど…あれは1200年……前の宇宙船です」

ルディの話に、ナオミがハッと顔を上げた。

「もしかしたら、私たちは宇宙からこの星に来たのかもしれない。そう考えているのか？」

「まだ確証するない。だけど、その可能性……すげー高いです」

それを聞くなり、突然ナオミが笑い出した。

「アハハハハハハ！　すごいな、実に面白い‼　私の祖先も宇宙人かもしれないのか⁉」

箍《たが》が外れたように笑うナオミの様子に、理解の限界を超えてしまったか？　と、ルディが心配する。

暫《しば》くして笑い終えたナオミは、目から流れる涙を拭《ふ》いて星の歴史を話し始めた。

「私が知っている歴史だと、人類は一度絶滅しかけたらしい」

「それ詳しく教えろ……ろ？　……教えてです」

興味のある話が湧《わ》いたのでルディが続きを促す。

「私が若い頃漁《あさ》った古い文献によると、人類は８００年前まで古代魔法という物があったらしい。その魔法は、今とは全く違う系統の魔法が使われていて、特に顕著なのは詠唱ではなく道具を使って、魔法を発動させていたという話だ」

今の話をルディが考察する。

それは、古代魔法は銃やドローンの事なのか？　だとしたら、宇宙船の墜落から４００年間は、科学技術が残っていた可能性がある。

「ところが８００年前。この星に突然魔物が現れたと思ったら、圧倒的強さで人類を滅ぼす寸前まで追いつめたらしい。おそらく、古代魔法というのは、この船にある道具と同じ物だと思う。魔物による壊滅的な被害で、私たちは宇宙に居た頃の科学を失ったのだろう」

ナオミの考えにルディも同じ意見だと頷く。

「それでルディに確認したい。今も人類は８００年前に現れた魔物と敵対している。もしかして、魔物も宇宙から来た生物なのか？」

その質問にルディが顔を曇らせて頷いた。

「ゴブリン……銀河系と違《ち》げえ別の銀河からの侵略者、デスクローの生物兵器、似てろです。ここから憶測、たぶん別の船、別の時代……予測８００年前、この星に来たです」

「何をしに？」

「それ不明です。だけど、魔物、宇宙の科学……持っていろよ人類絶滅してた。逆に、何故、滅んでない不思議です」

ルディの返答に、ナオミが腕を組み顎《あご》に手を添えて考える。

「ふむ……文献によると、魔物の間で徐々に疫病が流行して大半が死んだらしい。あと、魔物は神の怒りに触れて、拠点があった海を越えた東の大陸が、巨大な炎で包まれたとも書いてあったな」

ルディは今の話に出てきた疫病について、思い当たる節があった。

「なるほどなるほど、僕、理解したです。この星のマナ、宇宙から来た者殺せ……せ？　殺すです」

それを聞いて、ナオミが驚き目を見張った。

「マナが人を殺すのか⁉」

その質問にルディが大きく頷いた。

「マナ、免疫ないと……死のウィルスです」

「ウィルスとは？」

またそこから？　……仕方がないので、ルディはナオミにウィルスについて軽く説明した。

「なるほど。つまり、宇宙から来た魔物はマナに免疫がなく死んだというわけか……では、今生きている魔物は？」

「おそらく、自然に体内、免疫できた、偶然です」

「そうだ！　それよりもルディ。君は大丈夫なのか⁉」

慌てるナオミに、ルディが落ち着けと両手で宥《なだ》めた。

「ワクチン打った、僕、平気よ」

「ワクチン？」

「薬です」

ルディはワクチンの説明が面倒だったので、簡単な答えを返した。

「なるほど、ワクチンという名前の薬か」

ナオミの考えは間違っているが、ルディは訂正を入れず、話の続きを促した。

「……だけど、そんな薬があるのなら、星に来た魔物は何故薬を打たなかった？」

「まだ分からない。これから調べろです。これ憶測よ。当時のＡＩ、たぶん、マナ……殺す気づかなかったです」

「ＡＩ？」

ナオミがＡＩについて質問してきたけど、説明するのに時間が掛かる。それにルディはハルの存在を隠したい。なので、何も言わない事にした。

「説明……めんどーです」

「話したくないなら、やめよう」

ルディはしつこく聞いてくると思ったが、ナオミは彼の意図を察して、肩を竦《すく》める。

だが、彼女は「いつか聞かせろよ」という意味を込めてかニヤリと笑った。

「それで、ルディはこれからどうする予定なんだ？」

「調べろ、時間掛かるです。道具必要。ここで、ベースキャンプ張れです」

「今からか？」

ナオミに言われてルディが指時計《どけい》を見る。時刻は午後の3時を回っていた。

「4時間ぐらい……今日中、終わるますです」

「私も手伝おうか？」

「平気よ」

「じゃあ見学しても？」

「構わぬです」

ルディの許可に、ナオミは嬉《うれ》しそうに笑った。

◆

会話を終えた二人が揚陸艇の外に出る。

ナオミはこれから何が起きるのか、期待に胸を膨らませていた。

ルディが電子頭脳の無線を使って、揚陸艇の後部ハッチを開ける。暫くすると、揚陸艇からアーム付きトラックが姿を現した。

この星では人類が滅亡の危機に瀕した時、文明が一度リセットされている。そのため、物を動かす動力源は馬、ロバ、牛しかいない。

騒音を鳴らして移動する無人のトラックに、ナオミが目を見張った。

さらに、トラックの後ろから複合型重機が降りてくる。複合型重機はベースキャンプの設置ポイントへ移動すると、大きな音を立てて地面をならし始めた。

轟音《ごうおん》と凄《すご》い力で穴を掘る複合型重機の様子に、ナオミが興奮してルディの袖《そで》を引っ張った。

「ルディ、ルディ。あれは何だ！　地面に穴を開けているぞ‼」

身を乗り出して興奮しているナオミの瞳に、ルディが思わず身を引いた。

「えーっと、トラックと……重機よ。命令が……が？　命令で、ベースキャンプ作るです」

「まるでゴーレムみたいだな。だけど、ゴーレムより利口で強そうだ」

興奮してまくし立てて喋《しゃべ》るナオミとは逆に、ゴーレムについて知らないルディは、何をそんなに興奮しているのかと彼女を横眼で見ながら思っていた。

二人が作業を見守る中、複合型重機が地ならしを済ませて、その間にトラックが資材を運び終える。

今度は複合型重機のアームが資材を掴《つか》んで、ベースキャンプを組み立て始めた。

「凄い！　ドンドン作られていく！」

複合型重機の作業に、ナオミの口から興奮した声が溢《あふ》れる。

ベースキャンプの作り自体は単純で、既に作られている壁を組み立てるだけで完成する。

しかし、この星で生まれたナオミは当然その事を知らない。この惑星で暮らす彼女の概念では、家とは人の手で時間を掛けて作るものという認識だった。

ナオミが興奮している間も、複合型重機とドローンがベースキャンプの建設を続ける。

複合型重機は次々と資材を持ち上げて運び、ネジ止めなどの細かい部分はドローンがアームを伸ばして作業していた。

その作成風景をナオミは飽きずに見ていたが、何かに気づいて顔を上げると、立ち上がって森の方角を睨《にら》んだ。

「ん？　やっぱり来たな」

「なーに？」

ナオミの呟《つぶや》きにルディが質問する。

「これだけ騒がしかったら何かが来ると思っていたが……案の定、お出ましだ」

ナオミの発した警告に、ルディが左目のインプラントをサーモグラフに変えて、ナオミが見ている方を見る。すると、森の中に潜む何十体もの生物の姿がサーモグラフに映った。

「ふむ……後ろにも居るけど、振り返るなよ」

「魔法です？」

「見つけた方法か？　それなら魔法だ。地の魔法で予《あらかじ》め根を張っていた」

「へー――便利です」

「ルディには面白い物を見せてもらったし、お礼に私がアイツらを始末しよう」

ナオミが右手を上げて詠唱を始める。すると、彼女の手のひらから青い炎が現れて手を包み込んだ。

「熱いない？」

「全く」

ルディの質問に、ナオミは口角の片方を尖《とが》らせて笑い返した。


二人が待ち構えていると、森から次々と魔物が現れた。ゴブリン、豚の顔をした太ったオーク、魔物が使役している大きな狼《おおかみ》まで居る。

その数は20体以上。さらに、後から入ったハルの情報だと、背後にも同じだけの数が隠れているらしい。

「一人、平気です？」

「ルディは見学してればいいよ」

ナオミはそう言い返すと、軽くスナップをきかせて右手の炎を投げる。

放たれた炎が途中で速度を上げて1体のゴブリンに命中。ナオミの炎に触れたゴブリンが一瞬で炎に包まれた。

全身が火だるまになったゴブリンが燃える体の火を消そうと地面を転げまわる。しかし、炎は消えずにゴブリンが燃え尽きた。

突然焼死した仲間の姿に魔物たちが怯《ひる》む。だが、ゴブリンを燃やしたナオミの炎は消えず、近くの魔物に襲い掛かって次々と魔物を火で包んだ。

ルディは凄いと思いながら、ナオミの魔法を考察していた。

ナオミの手から炎が出た時、ルディは「炎が消えずに誘導するナパーム弾？　それで倒すつもりだろうけど、森が火事になったら大変だから、後で消火しないとなぁ」と考えていた。

だが、ナオミの炎は魔物を燃やすが周りの草木には燃え広がらない。それが不思議だった。

「なんで炎……木……移るない？」

「それはだな。私のマナで作った炎は本物じゃないからだ。炎に魔物の持つマナだけを燃やすように命令を下している。だから、周りに燃え広がらない」

「魔法に誘導と指向性を持たせやがるですか？　便利だなぁです！」

ナオミの説明にルディが感心する。

だが、それができるのは彼女だけ。この星の他の魔法使いは、指向性どころか誘導も満足にできず、ただ魔法を放つ事しかできなかった。

「さて、後ろも同じ魔法では味気ない。次は違うのを見せよう」

ナオミが振り返って杖《つえ》を振る。すると今度は、空中に幾つもの水の玉が現れた。そのままナオミが目をつぶって詠唱を始める。

「さあ、行け！」

ナオミの掛け声と同時に、大量の水の玉が弾《はじ》け飛ぶ。水の玉は二人の背後に隠れていた魔物に当たると、顔を包み込んだ。

魔物は呼吸ができず、水をはぎ取ろうと試みる。だが、張り付いた水の玉は取れず息が続かない。

魔物は苦しみ、次々と窒息して死んでいった。

魔物を焼死体と溺死体《できしたい》に変えたナオミが、ルディに振り向く。

「どうだった？」

「かっこいーぞ、です！」

「だろ？」

ルディの感想に、ナオミが火傷《やけど》のない右目を閉じてウィンクを返した。


魔物を倒した後、ルディはベースキャンプの建設を一時中断した。そして、広場で転がっている魔物の死体をトラックで集めて、複合型重機が掘った穴に捨ててから土で埋めた。

「後処理が面倒だと思っていたけど、コイツは楽でいいな」

死体を処理している重機を眺めて、ナオミが感想を漏らす。

「そうそう。もし、ルディが森を出て冒険者になるつもりなら、あんな雑魚《ざこ》でも指定された部位を持ち帰れば、金が貰《もら》えるぞ」

「冒険者？」

冒険者と聞いてルディが首を傾《かし》げる。

「そう、冒険者だ」

ナオミの話によると、この世界には冒険者という職業があった。

仕事内容は町の万事屋《よろずや》から、道中の護衛、村を襲う魔物の討伐、危険な場所での素材収集など
……ルディが思うに、どうやら個人経営の傭兵《ようへい》みたいな仕事らしい。

お金に困ってるわけでもないのに、わざわざ危険に身をさらすのは、自殺願望者か何かか？

イージーライフを目指しているルディは、冒険者という職業に全くと言っていいほど興味が湧《わ》かなかった。

「興味ないです」

「そうか」

ルディの返答に、ナオミは何も言わず肩を竦めた。


魔物の襲撃はあったが、夜の7時までにベースキャンプが完成した。

「本当にたった4時間で作ったな。見た事のない建造物だけど、信じられないぐらい頑丈だ。これならどんな魔物が襲ってきても壊れないな」

ナオミは空が暗くなっても帰らず、ベースキャンプの壁を叩《たた》いたり、中に入って感嘆の声を上げ

たりしていた。そして、ルディのもとに戻って絶賛した。

この人、帰る気ないな。ルディがそう思っていると、ハルからルディの電子頭脳に連絡が入ってきた。

『マスター。ベースキャンプが完成したので、揚陸艇をナイキに戻します。次の到着予定は明日の11時です』

『分かった。まずAIが生きているか確認したい。AIメンテナンスドローンの予備をこっちに回せ』

『イエス、マスター』

揚陸艇のエンジンが轟音を立てて空に浮かぶ。

その音にまたベースキャンプの中を探索していたナオミが、慌てて外に飛び出してきた。

「何があっ……た⁉」

空に浮かぶ揚陸艇を見たナオミが茫然《ぼうぜん》とする。

「本当に飛んでいる……」

空に浮かんだ揚陸艇がエンジンを点火。一気に高度を上げて、そのまま宇宙へと飛び去った。

「……ルディ。あの船は宇宙に行ったのか？」

「そーです」

「……私もいつか宇宙へ行ってみたいな」

ナオミは星になった揚陸艇をいつまでも見上げていた。

「それで、今日……どーするです？」

いくらナオミが魔法を使えるとしても、魔物が蔓延《はびこ》る夜の森の中を家に帰すのは男としてどうだろう。そう考えたルディはナオミに尋ねた。

「もしかして、こんな夜に女を追い出すつもりだったのか？」

ルディの質問にナオミが睨み返す。

「どちらでもです」

「冗談だ。今日は色々あって疲れたから家に帰るよ。明日また遊びに来る。ご近所という事でよろしくな」

「バイバーイ」

森に向かって歩き始めたナオミの後ろ姿にルディが手を振る。彼女は振り返らず手を振って、森の中へと消えていった。

「なんか面白い人だった」

ルディはナオミを見送って呟《つぶや》くと、ベースキャンプに入った。

午後はそんなに動いてないから適当でいいや。と、ルディは夕飯はうどんを作って食べた。

ナイキは開拓惑星に資材を運ぶ最中に遭難して、倉庫には1万人分の食料が1年分冷凍保存されている。食料については何も問題なかった。

食事後、ルディはシャワーを浴びてから、メディカルチェックを行った。

全身スキャンと採血をしてワクチンの経過を確認する。その結果……彼の体に異常反応が見られた。

「……血液中の酸素濃度が高くなって、筋力、体力、疲労回復度が上昇するが、その代償にカロリー消費量が増えると……なんとなく、そんな自覚はあった」

ルディは自分のメディカルデータを呟きながら、今日一日を振り返る。

森の中を歩いて、ゴブリンと戦い、ＡＩを探して宇宙船の中を歩き回るついでに、斑《まだら》という獣と戦った。

それだけ行動しても、殆《ほとん》ど疲れていない。だが、空腹で死にそうだった。

『おそらくワクチンの副作用ですね。想定外です』

『ワクチンに想定外があったらダメだろ』

『データ上では異常なかったんですが……』

ルディがツッコミを入れると、珍しくハルが困惑した口調で言い訳をした。

『今のところ、空腹以外に問題はないんだな』

『それ以外に異常はありません』

『肝心のマナの影響は？』

『そちらも問題ありません。体内に入ったマナは、体に残らず絶滅しています』

『それで、この状態はいつまで続く？』

『データの結果、マスターの体にマナの免疫が生まれれば、症状が治まります』

『それはいつぐらいまでだ？』

『予定通りなら半年後です』

『そのぐらいなら良いか……他には？』

『それでしたら、体を鍛える事を推奨します』

予想外の返答に、ルディが眉間《みけん》にシワを寄せた。

『そんな事をしたら益々腹が減るだろう』

『明日もう一度検査してみないと確証できませんが、今の状態で体を鍛えれば、普段と比較して8倍の効果が得られます』

『そうなのか？』

『現段階では憶測ですが、まず間違いないかと』

『分かった。どうせ暇だし、体を鍛えるよ』

『ではルームマシンも揚陸艇に積んでおきます』

『ん、分かった。じゃあ、そろそろ寝る』

『おやすみなさい』

ハルとの会話を終え、ルディはすぐに眠りに就いた。

翌朝。ルディは8時に目を覚ますと、シャワーを浴びてから朝食を作った。

トーストに、コンソメスープ、ベーコンエッグにツナ入りのサラダ。

普段の朝食は、手短で量も少ないシリアルとか、スティックバーで済ませる。だが、ルディは今の自分の状態を考えて、多めに食べようと決めた。

ルディがカリカリに焼いたトーストにバターを塗って食べていると、ベースキャンプの扉を叩く音がした。

扉に設置した監視カメラの様子をモニターに映すと、ナオミが扉を叩いていた。

一応、扉の横にチャイムが鳴るボタンがあるけど、ナオミはそれを知らない。

昨日《きのう》のうちに説明すれば良かった。ルディがモニターを見て肩を竦《すく》める。電子頭脳を使ってリモートで扉を開けると、朝から元気なナオミが入ってきた。

「おはよう。美味《うま》そうな匂《にお》いがするな」

「食べろ?」

「そこは『食べろ?』じゃなくて『食べる?』だろ……だけど、せっかくだから頂こう」

ナオミの返答を聞いて、ルディがドローンにレシピを転送する。

ドローンにナオミの朝食を作らせて、ルディはそのまま食事を続けた。

「今日は何をする予定だ？」

「モグモグ……ゴックン。昼前……揚陸艇戻りやがるです。その後、中入るます」

「迷宮に入るのか？　ついて行っても良いか？」

「構わぬです」

「そうか！　斑が居たから入りたくても入れず、ずっと我慢していたんだ」

「倒そう……するしなかったですか？　モグモグ……」

「倒そうとしなかったかだって？　アイツは魔法抵抗値が異常に高くて、魔法が効かないんだ」

魔法抵抗値が何なのか分からず、ルディが首を傾《かし》げた。

「魔法抵抗値とは、言葉通り魔法に対する抵抗だ。昨日見せた魔法の炎や水は本物じゃない。私がマナで作った物だと言ったのは覚えているか？」

ナオミの話にルディが頷《うなず》く。

「相手の魔法抵抗値が高いと、その炎や水が消滅してしまうんだ。如何《いかん》せん、本物と違って、マナで作った偽物だからな」

「なるほどです」

「あの斑という獣は魔法抵抗値が異常に高い。炎を当てても燃えないし、水で窒息させようにも、触れた途端に水が消滅する。そして、武器の通らない硬い皮膚に、何でも噛み砕く3つに分かれた口。何人もの冒険者が立ち向かったが、全く歯が立たなかった、私も含めてな。そこで質問だ。ルディはアレをどうやって倒した？」

ナオミはそう言うと、身を乗り出して返答を待った。

「口の中、爆破して……頭吹き飛ばせです」

「爆破？　ルディは魔法が使えなかったよな」

「本物の爆破です」

本物の爆破と聞いて、ナオミが笑い出した。

「あははは。なるほど、本物の爆破か！　それは盲点だった。そうか、確かに私を含めて、この星の人間は魔法の爆発を知っている。けど、本当の爆発は見た事がない」

それを聞いたルディは「魔法とは摩訶不思議《まかふしぎ》な物だなぁ」と思った。


「外はカリカリ、中はふわふわ。とろけるバターとやらが良い感じ！」

ナオミが柔らかいトーストを食べて感動する。

「このサラダに載っているのは何？」

「ツナ……魚肉オイル漬け……知らんけど」

「それにドレッシングが美味《おい》しいな」

「サウザンドレッシングです」

「どうやって作るんだ？」

「買った、知らぬ」

どうやらナオミはツナサラダが気に入ったらしい。

先に食べ終えてコーヒーを飲んでいるルディに色々質問してきた。だが、ツナもドレッシングも市販品なので、彼は作り方を知らない。

ナオミは食事を終えると、ルディの淹《い》れたコーヒーを美味しそうに飲んだ。

「最初にコレを飲んだ時は毒だと思ったが、慣れると美味いな」

そう言うナオミのコーヒーには、彼女が普段入手できない甘味料のガムシロップが4つも入っていた。

ブラックコーヒーを好むルディは、空になったガムシロップの容器を見ただけで、甘そうだと顔をしかめる。

「それで、あの迷宮。いや、宇宙船だったな。あの中はどんな感じなんだ?」

「ナオミ……一度も入るった事……ないですか?」

「私が討伐に参加した時は、斑を外におびき出して戦ったんだ……」

ナオミの話によると、8年前に森を探索していた冒険者によって、この宇宙船は発見された。

発見した冒険者が中に入って斑と遭遇して戦うが、仲間の半数を殺されて這《ほ》う這《ほ》うの体《てい》で帰還した。

その冒険者から話を聞いた他の者は、それだけ強い化け物が居るなら、すごい宝が手に入るだろうと考えた。そして、多くの者が宇宙船に挑んで斑に殺された。

噂《うわさ》がさらに拡大すると、貴族が斑討伐に名乗りをあげて、多くの私兵と共に迷宮に挑んだ。その時にナオミも金で雇われて傭兵《ようへい》として参加する。

宇宙船の中で戦うのは暗くて狭く不利だと考えた貴族は、斑を外に誘き出す事に成功した。だが、外で戦っても、物理も魔法も全く効かない斑に大勢の味方が殺されて、逃げ帰る結果になった。

35名の私兵はわずか6名しか生き残らず、ナオミを含め、雇われた50名の名だたる傭兵や冒険者たちも半数が殺された。そして、貴族は生き残ったものの、全財産を失った。

その後、物理も魔法も効かない斑を調べた結果、800年前に人類を滅亡寸前まで追いやった魔物の一匹だと判明した。

「そんな凶暴な斑をたった一人で倒したんだから、ルディは凄《すご》いよ」

「……800年前」

ルディが呟くと、ナオミが口角の片方を尖《とが》らせてニヤリと笑った。

「そうだ。昨日の話だと、800年前の魔物は宇宙から来たかもと言っていただろ」

ナオミの話にルディが頷く。

「私の憶測だが、あの斑も宇宙から来たんじゃないか？」

その質問にルディが腕を組む。銀河帝国と敵対しているデスグローの戦闘生物を思い出して、呟くように話し始めた。

「……おそらく、それが合ってるます。今の時代……生産性……低いから、もう使われるない……だけど、昔、敵、戦闘生物が居たです。たぶん、それ」

「やっぱりな。ちなみに、その戦闘生物ってのは寿命はどれぐらいだ？」

「……長いのだと、１２００年ぐらい生きろらしい」

寿命を聞いてナオミが目をしばたたいた。

「ずいぶんとまあ、長生きなんだな」

「そう？」

「だってそうだろ。この惑星の人類の歴史と同じ時間を生きられるんだぞ」

「確かに、そう……かもです」

銀河帝国は6万年以上の歴史がある。なので、ルディはそんなに長生きとは思わなかった。

「もしかして、宇宙に居ると長生きになるのか？」

「……この星、比較対象居らぬです。ナオミ何歳？」

「これも文化の違いというヤツか分からないけど、ド直球で女性の年齢を聞くか？　まあ、私は気にしないが……28歳だ」

「にじゅうはち……」

若いな。見た目よりも年上だった年齢に、思わずルディが呟《つぶや》いた。

「それで、そっちは？」

「81歳です」

「ブハッ‼」

ルディの返答を聞いた途端、ナオミが口に含んでいたコーヒーを噴き出した。

「ゴホッゴホッ……は、はちじゅういちぃー！　若作りしすぎだろ‼」

驚くナオミにルディが肩を竦める。

彼の前ではドローンがアームで雑巾《ぞうきん》を掴《つか》んで、汚れたテーブルを丁寧に拭《ふ》いていた。

「生まれた時……アンチエイジング手術されたです。僕は……５００年生きるです」

「そんなに長生きなのか！」

「銀河帝国……生まれる同時、仕事決まるますよ。僕、運送の仕事選ばれたです。だから、アンチエイジング……長寿の方です」

「生まれてすぐに仕事が決まるってすごいな……親は何も言わないのか？」

「親、居ないです。帝国の人間だけど……僕、人工受精……生まれろです」

「なんだそれは？」

人工受精を理解できなかったナオミに、ルディがそれについて説明する。

「つまり、親から生まれず、ルディは試験管とやらの中で生まれて、道具で育てられたって事か？」

「そーです」

ナオミの質問にルディが頷いた。

「……宇宙というのは、私の想像を遥《はる》かに超えているな。だけど、何というか……私からしてみれば、親が居ないというのは寂しい感じがする」

「周りが同じ。だから寂しい思うないです。そもそも……それ以前が……が？　以前の問題。宇宙、広すぎです。人と会う、ないです」

「人と会わないのか？」

「星降りぬ限り、宇宙生活している……滅多に人……会うないです」

「仕事の取引とかで会ったりは？」

「直接会わぬです。ネットがやりとり」

「ネット？」

「遠距離で会話する。で通じろですか？」

「手紙みたいなものか？」

ナオミはインターネットを手紙みたいなものだろうと勘で予想した。

ルディも手紙とは何かを考え、遥か昔は紙という素材にペンで文字を書き、それをやりとりすることで離れた場所に居る人と連絡を取り合っていた歴史を思い出した。

「手紙……たぶん、それで、合ってろです」

「便利すぎるのも空しいな。それに生まれると同時に仕事が決まって、職業の選択に自由がないというのも、何というか不幸？　いや、違う……不幸とまでは言わないが、私には理解できないし、納得いかない感じだ」

顔をしかめてナオミが自分の気持ちを語る。そんな彼女にルディが頭を横に振った。

「別に決められた仕事、辞める自由。ただ……政府支援、なくなるです」

「支援？」

「宇宙船ローン支援金……仕事の斡旋《あっせん》、税金控除なくなる、結構しんどいです。だけど、やりたい事あれば厳しい環境……当然だろです？」

「なるほどね。それでも私はどんなに厳しくても自由を選ぶよ」

ルディはナオミの感想を聞いて、この人はマゾかと思った。

◆

予定の時間通りに、揚陸艇が宇宙から地上に降りてきた。

『マスター、到着しました』

『ごくろうさん』

ルディが席に座ったまま電子頭脳を通してハルと連絡する。

彼の前では、ナオミが揚陸艇のエンジン音に気づいてそわそわしていた。

「どうやら来たみたいだぞ！」

「中に入る玉砕……玉砕？　違う、準備に30分掛かるます」

「分かった。私はジッとしていられないから、外で待ってる。ルディも早く来いよ」

科学が魔法のように見えているナオミはそう言うと、ウキウキした様子で外に飛び出した。

まるで子供みたいだ。そう思いながらルディは彼女を見送り、これからについてハルと話し合った。


ハルとの通信を終えたルディが外に出る。

既に揚陸艇の後部ハッチが開いており、宇宙船の電源を復旧させる装置や、ベースキャンプの荷物などが次々と外へ運び出されていた。

ルディがナオミを探すと、彼女は荷物の運搬作業を見学していた。ナオミは外に出された荷物を見ながら、これは何だ？　あれは何だ？　と考えながら首を傾《かし》げていた。

ルディが宇宙船の方に歩き出すと、それに気づいたナオミが見学を中断して走り寄ってきた。

「ルディ、凄いなあれ！　ソリが空中に浮いて荷物をいっぱい運んでたぞ」

ナオミが指さす方向には、地上から20㎝の高さに浮かんだ台車が荷物をベースキャンプに運んでいた。

「反重力で浮かべ台車。……摩サル？　摩猿？　摩擦……摩擦抵抗ないから、軽いです」

「つまり、空中を滑るんだな」

「空中、ツルツル滑るんです」

「あっはっはっ。ツルツルって禿頭《はげあたま》みたいだなぁー！」

ルディの返答が面白かったのか、ナオミが声を出して笑った。

『マスター。準備が整いました』

ハルの報告と同時に一台の台車がルディの下に近づいた。台車の上には小型の発電機や、修理専門のドローン。それと、修理キットが大量に積まれていた。

『電源の復旧にどのぐらい掛かる？』

『現物を詳しく調べないと分かりませんが、最低でも2日は必要かと思います』

『分かった。俺はその間、船内を探索しているよ』

『イエス、マスター』

ハルとの通信を終えてルディがナオミに振り向く。その彼女は大きな宇宙船を見上げていた。

「なあ、ルディ。こんな大きな船が宇宙や空を飛ぶんだな。想像するだけで凄いよ」

「違う。これ、空を飛べぬです」

「……ん？　そうなのか？」

ルディの返答に、ナオミは見上げていた視線を彼に向けた。

「この船、デッカすぎ。1度星……降りたら二度と宇宙に出れぬ。だから空は飛べぬ設計です。これ、不時着ですよ」

そう言ってルディは、宇宙船の後ろの不時着した後らしき地面を指さした。

「……なるほど。確かに、地面がデコボコだな」

「普通はあり得ぬです。星に降りた理由は……ん――……たぶんトラブルだと思え。えーえー、……う？　だと思う。その原因も調べろべろ予定です」

「分かった。私も祖先が何をしにこの星に来たのか興味がある」

「だったら中に入れです」

そう言って、ルディはナオミと一緒に宇宙船の中に入った。


電気の通っていない宇宙船の中は暗い。

ルディなら左目のインプラントをナイトビジョンに切り替えれば、暗くても問題ない。

だが、生身の体のナオミは明かりがなければ、暗くて何も見えなかった。

そこでナオミは肩に掛けていた鞄《かばん》から、たいまつを取り出した。

「少し待て。たいまつを持ってきた。今、火をつける」

「たいまつ？　火器厳禁よ。要らぬのです」

ルディがドローンに命じてライトをつけさせる。それで暗かった宇宙船の通路が明るくなった。

ドローンの明かりにナオミが肩を竦《すく》めて、無駄になったたいまつを放り投げる。

床に落ちたたいまつが、カランカランと音を響かせた。

「このゴーレムは本当に高性能だな」

「ゴーレム？　こいつはドローンです」

「ほう。ゴーレムに名前を付けているのか、珍しい。よろしくな、ドローン」

ナオミがドローンの名称を名前と勘違いする。ルディは説明をするのが面倒くさいから、彼女の勘違いを放置した。

ルディがスタスタ歩く後ろでは、ナオミは床や壁を見たり触ったりして唸《うな》っていた。

「全く見た事のない素材でできてるな」

「僕も知らぬです」

「ルディでも分からないのか？」

意外に思ったのか、ナオミが目をしばたたいた。

「いちいち素材……調べたりせんですよ」

「だけど、壊れたらどうするんだ？」

「……その時は治療に出せです。そもそも、すぐに壊れる素材の船……怖くて乗れぬです」

「治療ではなく、修理の言い間違いだろ」

「……そうとも言うです」

道中は通路に備えてある端末が死んでいたので、道案内が表示されず少しだけ迷った。それ以外は特にトラブルはなく、ルディたちは目的の電源室の前に到着した。

「到着です」

「ここには何があるんだ？」

ナオミが首を傾げる。

「電源室。船の電力復旧しろです」

「……その電力とは、何だ？」

説明が難しいと、ルディが顔をしかめる。

「……魔法のマナみたいな？」

「理解した」

「では中に入れです」

ルディが油圧式のドアをスライドさせて部屋の中に入る。

部屋の中には、宇宙船の全《すべ》ての電力を賄う巨大な発電装置が設置されていた。

当然ながら、発電装置は動いておらず、部屋は静まり返っていた。

「こいつも巨大な建築物だな」

「ジプロトンで発電しろ装置です」

「説明は不要だ。おそらく聞いても分からん」

「ヘリウムの専門知識が必要よ」

ルディはそう答えると、発電装置に近づいてハルに連絡を入れた。

『電源室に着いたが、こいつは……随分と古い型だな』

『この700年で技術の進歩が進んだせいでしょう』

ルディの所属している銀河帝国と他銀河から来た侵略者デスグローとの戦争で、あらゆる技術が進歩した。その結果、1000年前の宇宙船は、博物館でも見ないぐらい旧型になっていた。

『戦争で技術が進んだからな……それで、直せるか？』

『ナイキの電子炉とは大分異なりますが、基本構成は同じなので可能です』

『分かった。開始してくれ』

『イエス、マスター』

ルディの命令に、台車に積まれていた3体のドローンが浮かび上がる。3体のドローンは発電装置に近づくと、さっそく点検を始めた。

「何か始まったぞ」

突然動き出したドローンに、ナオミが興奮する。

「治療……違う。修理前の点検作業です」

「どのぐらい掛かるんだ？」

「全部が？　……全部で2日。その間、僕、他の場所を調べに行けです」

その返答に、ナオミは他の場所にも行けると喜んだ。

ルディはハルに発電装置の修理を任せると、ナオミと一緒に宇宙船の中を探索していた。

「本当にもぬけの殻だな」

幾つかの部屋を探索しても何も発見できず、ナオミが顔をしかめる。

「チップ１つ落ちてないです」

「お金か？」

「チップはチップです」

チップをルディは記憶媒体、ナオミはお金の事だと勘違いする。

二人が宇宙船の中を探索し続けていると、艦長室を見つけた。

ルディが扉の横のプレートを見て、『艦長室』と書いてあったので間違いない。

「ここ、艦長室です」

「これだけ大きな船なんだから、さぞかし艦長は偉かったのだろうな」

「さー？　どーですかねー」

あまり期待せずにルディが扉を開けると、部屋の中は廃艦当時のまま家具と机が残っていた。

「ここは何かありそうだな」

「調べろです」

二人は中に入ると、部屋の中を手分けして調べ始めた。

ルディは机に残された端末を解体して記憶媒体を取り出すと、ドローンにデータを読み込ませた。

しかし、1000年以上経過した記憶媒体のデータは大半が破損しており、航海日誌の一部が辛うじて読める程度しか分からなかった。しかし、今のところこれが唯一の手掛かりでもある。

ルディは復旧しようと考えて、記憶媒体を鞄にしまった。

「ルディ、これは何だ?」

ルディがナオミの声に振り向けば、彼女は手のひらサイズの端末を掴《つか》んで首を傾《かし》げていた。

「……スマートフォンです?」

ルディは電話、メール、写真、録画など、スマートフォンでできる事なら電子頭脳でも可能だから使わない。

だが、1000年以上前は今よりも電子頭脳が発達しておらず、スマートフォンは現役だった。

「スマートフォン? 何だそれは?」

「……便利な手帳です」

ルディが少し考えて、スマートフォンを一言で説明する。

「手帳? ……どうやって使うのか、さっぱり分からん」

手帳と聞いても、ナオミは手帳の存在自体を知らなかった。

その理由は、まだこの惑星では植物紙が存在しておらず、羊皮紙が主流なので手軽に持てる手帳という概念がまだなかったため。

「寄越せです」

ナオミが手にしているスマートフォンは艦長の私物だろう。

そう考えたルディは、ナオミからスマートフォンを受け取って調べ始める。そして、充電コネクタを見るなり、顔をしかめた。

「……規格が古すぎて充電できねーですよ。仮に充電できたとしても、おそらく中の配線、ボロボロです。だから、今直ぐに使えねーです」

「そうか、残念だ」

「これは、奪うのです。その代わりに……別のをくれてやるです」

ルディはナイキの積み荷の中に、高性能のスマートフォンがあったのを思い出し、ナオミにプレゼントする事を約束した。

「今のは奪うじゃなくて貰《もら》うだ。私はこの場所に来れただけで十分だから、遠慮なく受け取りな」

ナオミが笑ってそう言うと、ルディもにっこりと笑顔を返した。

「ありがとうなのです」


二人は艦長室を出た後、ナオミの要望で操縦室に向かう事にした。

「付き合わせて悪いね」

「元々行く予定、構わぬのです」

ばつが悪そうなナオミに、ルディが気にするなと応《こた》える。

「なあ、ルディ」

「なーに？」

「昨日《きのう》会った時から思っていたんだけど、なんでそんな滅茶苦茶な言葉遣いをしてるんだ？」

「……滅茶苦茶ですか？」

「ああ、乱暴なのと丁寧なのが入り混じって、滅茶苦茶になってる」

それが面白いのか、ナオミが笑みを浮かべた。

「んー――、んー――？」

ナオミの質問に、ルディがどう答えようかと腕を組んで唸る。

「いや、そんなに悩むなら、別に答えなくてもいいぞ」

「別に悩んでおらぬのです。説明……ややこしいだけです」

「そんな複雑な事情が？」

その質問に、ルディが右手を横に振って否定した。

「ちゃうのよ。本当は僕……宇宙人、隠す予定だったです」

それを聞いてナオミが目を丸くした。

「最初の自己紹介の時、いきなり自分は宇宙人だってぶっ込んだよな！」

「だって、この森、人居らぬ思ってたです。ついでに言えば、ナオミはボッチ思ったです」

「ボッチと言うな！　一人でこの森に暮らしているが、交友関係はあるぞ」

「ボッチ違う？　まあ、それよりも問題、僕が宇宙人だと知られる嫌なのです。だから、内緒にしてろです」

「どうせ他人に言っても誰《だれ》も信じないよ。だけど、分かった。ルディがそう言うなら黙っていよう」

「お頼み申すです」

ルディは今まで忘れていた問題が一つ片付いて、ほっとため息を吐《つ》いた。

「それで、話を戻すけど、言葉遣いが滅茶苦茶な理由は？」

「インストール……は通じぬ。覚えた言語、現地から離れた場所の言葉です」

「何故《なぜ》に？」

「宇宙人とバレぬため？　常識知らずだけど、ごまかせ旅人みたいな感じです」

「ふーーん。だから滅茶苦茶な言葉遣いなのか？」

「そーだけど、実は直そう思えばちゃちゃーと直せるのです」

「だったら、何故直さない？」

「……この言葉遣い、自分でも結構気に入っているからなのですよ」

そう言ってルディが肩を竦《すく》めた。それを聞いたナオミはきょとんとしたが、直ぐに腹を抱えて笑い出した。

「あっはははは っ！　あーはっはっはっ‼」

「そんなに面白いですか？」

「ああ、傑作だ。つまり、わざとそのような言葉遣いをしているんだな」

ナオミが目じりに溜《た》まった涙を拭《ぬぐ》いながら質問すると、ルディが頷《うなず》いた。

「そうとも言いますです」

その言い返しが面白くて、再びナオミが笑った。

「ルディがこの森に来たのは、やっぱりここの調査が目的なのか？」

ナオミの質問にルディが頭を横に振る。

「うんにゃ、偶然です。この宇宙船……見つけろ予定なかったです」

「……ふむ」

「だけど、この星降りた時、いきなりアイツ、襲ってきたです」

「アイツとは？」

「ドラゴン……翻訳、通じますか？」

ルディの確認に、ナオミが頷く。

「ドラゴンね、通じるよ。アイツ、縄張り意識が強いから、珍しい物を見るとすぐに襲ってくるんだ」

「酷《ひど》いヤツです。ドラゴンから逃げた先、偶然、ここ見つけたです」

「ドラゴンに襲われて生きている時点で色々とツッコミたいところだけど、まずは話を進めよう」

「宇宙船から外に出たら、ナオミが居った。驚きます」

「私も驚いたけどな！」

「だけど、同時に思ったのです」

「何を？」

ルディが足を止めて振り返り、ナオミの顔をじっと見つめてきた。

青と緑のオッドアイをした見た目だけは美少年のルディに見つめられて、ナオミの心臓が跳ね上がる。

「都合の良い女が釣れたです」

「その言い方‼」

ルディの言い方があまりにも酷く、ナオミが声を荒らげてツッコんだ。

「……言い方？　ナオミにムラムラないですよ？」

「そうかい！　ブスで年増な火傷《やけど》女で悪かったね」

ナオミはブスと言っているが、彼女の容姿は顔の火傷痕さえなければ、世間一般だと美人の部類に入る。だけど、ルディは人工受精の規制で性欲が抑制されていた。

「ナオミ、ブスですか？　年齢は僕より若作り？　違うます、若いです。この惑星の人と僕、美的感覚……違うですね」

ルディの言い返しに、ナオミは顔が赤くなってそっぽを向く。

「……私の容姿はどうでも良いから、話の続きをしてくれ」

「そーでした。僕、この星の知識知らぬ。だから現地の人間捕獲……捕獲？　いや、確保したかったです。ナオミ、人里離れ一人、都合……良かったです」

「もしかして食事に誘ったのは、それが理由か？」

「餌で釣る。狩人《かりうど》の基本です」

「酷い話だ」

ナオミが天井を見上げて頭を抱えた。


「ところで、急に立ち止まって、どうかしたのか？」

「コックピット……操縦室、ここです」

ルディが横にあるドアを指さした。

「それを早く言え」

ナオミのツッコミにルディが肩を竦めた。

「では、よいしょです」

ルディが力を込めてドアを開けると、眩《まぶ》しい光に二人の目が眩《くら》んだ。

二人の目が光に慣れて視界が戻り、コックピットの内部が見えた。

広さはテニスコートぐらい。元々席があった場所には操作パネルが並べられているが、それらは全《すべ》て破損していた。

正面と天井のスクリーンは、墜落した時に破損したのか大きな穴が開いて、太陽の光がコックピットに降り注いでいた。

長い年月、その穴から雨水と泥が流れ込んでいたのだろう。コックピットの中央には、草花が咲いて甘い匂《にお》いが漂っていた。

廃墟《はいきょ》と自然。コックピットの内部は幻想的な世界を作り出して、見る者を魅了した。

「残念です。ここまで酷かったら、データの入手は不可能ですよ」

荒廃したコックピットに、ルディはデータの入手を諦《あきら》めた。

ナオミは幻想的な雰囲気に見惚《みと》れていたが、この場所にそぐわない臭いに気づいて、鼻をひくつかせた。

「ルディ」

「なーに？」

「何か臭わないか？」

ルディもナオミの真似《まね》をして鼻をひくひくさせる。すると、花の匂いに紛れて微《かす》かな獣の臭いがした。

「……斑《まだら》？」

「もしかして、2匹目が居たのか？」

ナオミが眉間《みけん》にシワを寄せて、小声で魔法を詠唱する。

その横では、ルディが左目のインプラントをサーモグラフに切り替えて、コックピット内を探した。

「「…………」」

特に生物らしき存在は見つからず、二人は警戒レベルを下げた。

「どうやら斑は居ないみたいだな。おそらくこの場所はアイツの住処《すみか》で、残り香が残っていたのだろう」

ナオミの意見にルディは頷くと、軽く掴《つか》んでいたショートソードの柄《つか》から手を離した。

二人は斑が居ないと分かっていても、注意を怠らずにコックピットの中心に近づいた。

そこは太陽の光が一番注ぐ場所。草花が咲き乱れ、草に隠れて床に大きな穴が開いていた。

「斑、この穴から外に出られるみたいです」

「誰《だれ》も宇宙船に入ってこない時は、ここから外に出て餌を取っていたのかもな」

「この場所が住処なら近道。その可能性、デッカイです。ナオミ、近くに住んでる。よく無事だったでーすね」

「近くと言っても、ここからそれなりに離れているからな。斑の縄張りから外れていたんだろう。それで、これからどうする？」

ナオミがチラリと横目でルディを見て質問すると、彼は顔をしかめて床に開いている穴の奥を見つめていた。

「何か嫌な予感、ピリピリするですよ。中に入ってみるです」

「だったら少しだけ待て」

ナオミは穴の中に入ろうとするルディを止めると、目を閉じて魔法を発動させる。詠唱した後、顔を微かに歪《ゆが》ませた。

「……たぶん、奥に斑らしき獣が居るぞ」

「斑……確かですか⁉」

ナオミの話に、ルディが目をしばたたかせた。

「斑は魔法が効かないと言っただろう。今、私が使ったサーチの魔法範囲内で、一か所だけぽっかりと確認できない場所があった。これは魔法が効かない魔物が居る特徴だ。だけど……」

「だけど、なーに？」

言《い》い淀《よど》むナオミにルディが首を傾《かし》げる。

「眠っているのか死んでいるのか分からないが、全く動いていない。私の知る斑は嗅覚《きゅうかく》が鋭く、宇宙船の中では離れた場所だろうが、餌の匂いを嗅《か》ぎつけて襲ってくる」

ナオミの話に、ルディは心当たりがあった。

ルディが初めて宇宙船に入った時、少し奥に行っただけで斑の方から近寄られて戦闘になった。あれは斑の嗅覚が鋭く、宇宙船の中に入ったルディに直ぐ気づいたからだろう。

「斑、魔法効かぬ。ナオミ、ここに残れです」

「いや、私も行こう。直接魔法は効かないが、それでもやりようはある」

気遣い無用とナオミが頭を横に振る。

「お主、死んでも知らんですよ」

ルディはそう言い残すと、先に穴へ飛び降りた。

一人残されたナオミはルディの言い様に肩を竦めると、彼の後を追った。


降りた穴は、人が通れるぐらいの幅の空気ダクトに繋《つな》がっていた。

ダクトを進んでいると、先行するルディが床に壊れた換気扉を見つけた。

二人は換気扉を見つけると、お互いの顔を見て頷き、その先へと飛び降りた。

飛び降りた先はバスケットコートぐらい広く、ルディの見立てでは格納庫らしき場所だった。そして、部屋の中央には、糸に覆われた大きな繭があった。

繭は直径4mぐらい。天井、床、壁から糸が伸びており、空中にぶら下がっていた。

そして、繭の中心部は不気味に赤く光り、心臓の鼓動の如《ごと》く動いていた。

「何だアレは……」

繭を見たナオミが目を細めて警戒する。その場所は彼女の魔法が効かない場所と一致していた。

「……気を付けろです。危険な香りがぷんぷーんです」

ルディが構えてショートソードの柄を掴む。

「もしかして、斑の子供が生まれるのか!?」

「僕だって専門家ちゃうから、斑、詳しく知らんよ。だけど、戦闘生物……繁殖機能ないと聞いてろです」

ルディが生まれる前から戦闘生物は既に時代遅れだった。

それ故、ルディの生きていた頃《ころ》には使われておらず、彼も戦闘生物の詳しい知識データを持っていなかった。

「今も魔法で目の前の繭は引っ掛からない。だけど、私の目には、あの繭が空気中のマナを吸収しているように見える……」

「マナ…ちゅーちゅーしてるから、引っ掛からぬのではないですか?」

ルディの可笑《おか》しな言葉遣いに、ナオミの緊張が緩みそうになるが、直ぐに気を引き締める。

「では、そのちゅーちゅーしているマナはどこへ行った?」

「…………」

繭の中で眠る生物は、部屋に入った二人を危険だと本能で察したのか、目覚めようと活動を開始した。

突然、繭の赤い光が強くなり、同時に鼓動が激しくなった。

「考える面倒、ぶっ飛ばすです！」

ルディは危険を感じて、鞄《かばん》からグレネードを取り出す。

「乱暴だな。だけど、その考えは嫌いじゃない‼」

ナオミも杖《つえ》を前に出して、魔法の詠唱を始めた。

繭の中心部に亀裂が入り、中から手が現れて繭を掴む。

現れた手から伸びる指の数は８本。全《すべ》ての指先に鋭い爪が生えていた。

「炎の蛇よ、全てを燃やせ！」

ナオミの詠唱が完了して振った杖の先から炎が湧き出ると、蛇のような軌道を描いて繭を包み込んだ。

「やったですか？」

ルディの声にナオミが頭を横に振る。

「いや、抵抗されて駄目だった」

繭を包んだ炎は燃え広がらず、消滅するように消えていた。

二人が繭を見ていると、もう片方の手が現れる。そして、中の生物が両手で繭を引き裂いて姿を現した。

「植物うにょうにょです」

ルディの言う通り、中から姿を現したのは、人間の体をした植物の怪物だった。

身長は2ｍほど。筋肉質な体を灰色の毛で覆っているが、顔は花が咲く前の蕾《つぼみ》のような形をしていた。

相手の正体を見てものんきなルディとは逆に、ナオミは冷や汗を流してゴクリと息を飲んだ。

「……デーモン、デーモンだ」

「デーモン、それなーに？」

「はるか昔に存在した怪物らしい。私も文献でしか知らない……」

「繁殖能力のない戦闘生物、進化した子供、産んだですか？　もしかして、この星のマナ。ヘンテコな影響、及ぼしているかもです……」

ルディは背中から弓を取り出すと、グレネードを取り付けた矢を構えた。

デーモンがルディたちの方に向けて手を広げる。その手のひらが縦に割れると、充血した悍《おぞ》ましい目が現れた。

手のひらの目で二人の姿を捉《とら》えるやいなや、顔の蕾が八つに割れて巨大な口が現れた。

口の中に棘《とげ》のような鋭い歯が並ぶ。広がった口は人間の頭を丸呑《まるの》みできるぐらい大きく、内の端から滑りのある涎《よだれ》が垂れていた。

突如、風を切る音が部屋の中を走る。

ルディの放った矢がデーモンの頭に刺さると同時に、グレネードが爆発。

轟音《ごうおん》を響かせてデーモンの頭を吹き飛ばした。

「なっ⁉」

「弱点晒《さら》す……アホですか？」

驚くナオミの横で、ルディが呆《あき》れたように呟《つぶや》いた。

ナオミは視線を交互に行き来させ、ルディと出オチしたデーモンを見ていた。

「……今のは？」

「グレネードです。ＴＮＴ母さん……ママ？　違う、換算で６倍の威力よ」

「そのＴＮＴ換算が分からんが、凄《すご》いな……」

グレネードの威力にナオミが額の冷や汗を拭《ぬぐ》う。

「だけど、これでデーモンを倒した。このままアイツをのさばらせていたら、被害は……」

「待ちやがれです。まだ終らぬですよ」

ナオミが話している途中で、ルディが止める。

その声に、ナオミは一度解いた緊張を戻して、爆煙が晴れた後を窺《うかが》う。

吹き飛んだデーモンはまだ生きており、失った顔を少しずつ再生していた。

「なっ！　頭を吹き飛ばしても生き返るのか⁉」

「普通の動物が一緒……が？　違う、動物と一緒、その考え捨てろです。アイツの頭……口だけ、脳は別にある考えろです」

「……なるほど、確かにあれは口だけで、頭はなさそうだ」

「ナオミ、弓使えろです？」

ナオミが理解したのを見るや、ルディが質問する。

「……ある程度だったら扱えるぞ」

「なら、これ渡すです」

ルディがナオミに弓矢とグレネードを渡す。

「それ付けて矢で……で？　……が？　違う、矢を放てば、爆発するです」

「そいつは分かったが、お前はどうするんだ？」

「ナオミ……準備できるまで、どつき合うです」

「どつき？　もしかして、直に戦うのか？　危険だぞ！」

「ルディ様の妙技を味わえです！」

ルディはナオミの忠告に、昔何かの動画に登場したヒーローのセリフを返す。そして、ショートソードを抜くと、デーモンに向かって走り出した。

頭を吹き飛ばされたデーモンはルディの気配に気づくと、左腕を伸ばして長い爪を振り下ろす。

ルディはショートソードを合わせてデーモンの爪を受け流し、手首を返して再生中の頭に突きを放った。

その突きをデーモンが右腕を上げて爪で跳ね返す。

爪と剣の鍔迫《つばぜ》り合《あ》いが始まるかと思いきや、互いに後退。すぐさま同時に前へ飛び出して、激しい打ち合いが始まった。

ルディとデーモンが打ち合い、部屋の中に激しい金属音が鳴り響く。

ナオミは年齢を聞いても見た目から子供だと思っていたルディの剣技に、驚きを隠せなかった。

彼女が文献で知るデーモンは、武器も魔法も効かない。伸びた爪は剣だろうが鎧《よろい》だろうが、あらゆる物を切り裂く。人間を喰《く》い、その食欲は無限。

８００年前に現れた時は、10以上の都市を崩壊させて、災害とも呼ばれた。

その災害と正面切って戦うルディの剣技は、熟練の戦士ですらその域に達するまで長い月日が必要なほど素晴らしく、同時に美しかった。

ナオミは打ち合う姿に思わず見惚《みと》れそうになるが、言われた事を思い出して、グレネードを矢じりに取り付け始めた。

こんな小さい物があの爆発を発生させるのかと、ナオミが首を傾《かし》げる。

これの作り方を教えて欲しいが、きっと無理だろう。

「弓を使えと言ったが、私はそこまで上手じゃないよ。だけど、魔法を使って撃てば百発百中さ」

ナオミは弓を構えずに魔法を詠唱して、矢を放つタイミングを待った。

デーモンはルディの攻撃が当たっても少し痛いだけで、傷を負わない事に気づいた。それならばと、防御を無視して一方的に殴り始めた。

　このままだとマズイ……。余裕がなくなったルディの顔が歪《ゆが》んだ。

　ルディは強化コーティングと衝撃吸収シートの服で攻撃を防いでいる。だが、デーモンの攻撃はそれを上回り、殴られる度に体が痛かった。

　ルディはデーモンの爪を剣で弾《はじ》き飛ばして左に飛びのくが、床に落ちていた繭の糸を踏んで足を滑らせた。

　隙だらけのルディの腹に、デーモンが蹴《け》りを放つ。足がルディの腹にめり込んだ。

「うっ！」

　普通の人間だったら、胴体に風穴が開くほどの威力の蹴り。

　ルディの強化服が衝撃を吸収して命を守る。それでも息が詰まって呻《うめ》き声を上げた。

「痛《い》ってぇです！」

　ルディはデーモンを睨《にら》み返すと、相手の足を掴《つか》んだまま体を捻《ひね》って床に倒れた。

　ルディが放ったのは、ドラゴンスクリューという関節を捻るプロレス技だった。

　足を掴まれたデーモンがルディと一緒に倒れる。その時に固定された足が転倒の勢いに追いつかず、膝関節《しつかんせつ》を捻った。

　右膝《みぎひざ》に激痛が走って、デーモンが床の上で転げまわる。おそらく、頭の口が再生中でなければ、叫び声を上げていた。

「離れろ！」

ナオミの叫び声に、ルディがデーモンから離れる。

同時に彼女の魔法で放たれた矢がデーモンの体に突き刺さり、衝撃でグレネードが爆発した。

その爆風にルディも飛ばされるが、腕で顔を庇《かば》い、辛うじて無傷で済んだ。

一方、デーモンは硬い体毛で爆発の衝撃を吸収したが、本物の火による火傷《やけど》は防げなかった。

体の至る所の体毛が焦げて、炎症を起こした。


「ルディ、無事か!?」

「痛てぇけど、無事ですよ」

ルディがナオミに応じて、ふらふらと立ち上がる。

彼から離れた場所では、デーモンが床に倒れて苦痛に苦しんでいた。

デーモンの肌は所々延焼して、そこから白煙が立ち上り肉の焼ける音がする。

もし、デーモンの頭が再生中でなければ、驚異的な回復力でたちまち治っていたのだろう。だが、今は頭の再生に集中しているため、他の箇所の回復は後回しにせざるを得なかった。

「ナオミ、斑《まだら》は体毛で物理攻撃を防ぐ言ったですね？」

「その通りだ！」

ルディの質問にナオミが答える。

「だったら、今がチャンスです！」

ルディは立ち上がろうとするデーモンを睨んで息を整えてから、ショートソードを構える。

そして、電子頭脳を高速処理させてゾーンに入った。

スローモーションの世界でルディだけが動く。

動かないデーモンに近づくや、居合切りの如《ごと》くショートソードを一閃《いっせん》。そのままデーモンの背後へ抜けると、剣を鞘《さや》に納めた。

電子頭脳の高速処理が終了すると同時に、デーモンの体が硬直する。

そのまま胴体がズレ始めて体が二つに分かれると、下半身は立ったまま、上半身が崩れて床に落ちた。


「終わったのです」

「…………」

デーモンを倒してのんきな口調で話し掛けるルディとは対照的に、ナオミは現状に脳が追いついていなかった。

「なんだ今のは！　速すぎて何も見えなかった……」

ナオミが呟いて、今の一瞬の出来事を回想する。

ルディが剣を構えて消えたと思ったら、一瞬でデーモンの背後に立っていた。速すぎて見えなかったが、抜け掛けにデーモンを切ったのだろう。

だが、相手はあのデーモンだぞ。物理攻撃は効かないはず……ルディが持っている剣も異常だ……。

「ルディ……君は一体……」

ナオミがゴクリと唾《つば》を飲み込んでルディに話し掛ける。彼女は自覚していなかったが、未知なる存在のルディに対して恐怖心が芽生え始めた。

そんなナオミに、ルディが肩を竦《すく》めてのんきにおどけた。

「こう見えて、僕、強《つ》えぇです」

それを見て、ナオミの中にあった恐怖心が一瞬で吹っ飛んだ。

「そうだな。どんなに強くてもルディはルディだ。遠い宇宙から来て、言葉遣いが可笑《おか》しくて、料理が上手な、私よりも年上の少年だ」

ナオミが自分に言い聞かせるようにルディに微笑《ほほえ》むと、彼女の心境の変化に気づいていないルディが首を傾げた。

「僕は僕ですよ?」

「もちろんさ。今のは格好良かったぞ」

ナオミがそう言い返すと、ルディが笑ってウィンクを返した。

「それで、この後どうする?」

「お腹《なか》が空《す》いたのです。一度ベースキャンプに戻れです」

ルディは激しい戦闘で疲れていたけど、それ以上に腹が減って死にそうだった。

「君は小さい体でよく食べるなぁ」

「今はそういう体なのです」

呆れるナオミにルディが口をへの字に曲げる。

「成長期なのか？」

「僕、寿命５００年あるんですよ。何十年も成長期、エンジェル係数……エンジェル？　……天使？　違うです、エンゲル係数、高すぎです」

「エンゲル係数？」

エンゲル係数を知らないナオミが首を傾《かし》げるのを無視して、ルディは空気ダクトの方へ歩き出した。

「待て、あれはどうするんだ？」

ナオミに呼び止められて振り返れば、彼女は床に倒れているデーモンの死体を指さしていた。

「後でドローンが土に埋めろですよ？」

「焼け焦げているが、素材として売れば金になるぞ」

「……あんなの売れですか？」

金になると聞いてルディが首を傾げる。

「過去の文献でしか知られていないデーモンの素材だ。売れば大金になるし、どこかに加工依頼して自分の装備を作るのも良いと思う」

ルディは考えるふりをして、電子頭脳でハルと相談してみた。

『と言う事だけど、どう思う？』

『今の装備の方が優秀です』

『だったらいらないな』

『後でドローンに死体から細胞の一部を採取させます。それ以降なら不要です』

ルディはハルとの相談を終えると、ナオミに振り向いた。

「僕、いらんです。ナオミ全部くれてやるです」

「倒したのは君だぞ」

「そもそも、売り先のコネがねえです。それに目立つのダメよ」

ルディがそう言って腕を交差してバッテンを作った。

「……確かに、こんな素材を売ったら、その日のうちに有名人だな」

「目立ちたくない言いながら目立つ行動、ただのバカです」

ルディの面白い物言いにナオミが微笑した。

「ふふっ、そうかもな。そっちが要らないのな……うっ……!?」

ナオミが話していると、彼女の背中に衝撃が走った。

ナオミは理解できずにルディを見ると、彼は驚いてこちらの腹部に視線を向けていた。だから、彼女も視線を下に向ける。

何故か、ナオミの腹部から爪が生えていた。

「……ゲボッ！」

腹部から爪が抜け、ナオミが口から吐血して床に倒れる。彼女の傍《そば》には、死んだと思っていたデーモンの上半身が居た。

デーモンが刺した血の滴る爪を抜いて、倒れたナオミに覆いかぶさった。

デーモンは何年もの間、繭の中で空気中のマナを吸収して、その全《すべ》てを再生力に注ぎ込んでいた。その結果、体を半分にされても死んでおらず、わずかの間だけ生きる事ができた。

そして、ナオミの持つ大量のマナを喰《く》らう事で、下半身すら蘇生《そせい》できると本能で分かっていた。

「ナオミ‼」

デーモンが頭の口を開いて、ナオミの頭を喰《く》おうとする。だが、その前にルディの飛び蹴りがデーモンの体を吹き飛ばした。

飛び蹴りを喰らったデーモンがルディの右足を掴んで、その足にかぶりついた。

そのまま噛《か》み千切ろうとするが、ルディの頑丈なレガースとブーツがそれを阻止する。

涎《よだれ》の強酸がルディのレガースを溶かし出して白煙が吹き出し、焼ける音が部屋の中で聞こえていた。

「ぐあっ！」

足から来る焼ける激痛にルディの顔が歪んだ。

だが、それでもお構いなしと、ルディは噛みつかれた足を持ち上げて、デーモンの頭ごと床に踏み下ろした。

何度も何度も踏み下ろして、デーモンの頭を床に叩《たた》きつけていると、デーモンの口から右足が抜けた。

その隙にルディがショートソードを抜くと、デーモンの体に跨《また》がった。

両手で掴んだショートソードを何度も何度も突き刺していると、デーモンの心臓を貫いた。

「ギシャ——‼」

その一撃が決め手となってデーモンが絶叫して、今度こそ本当に息絶えた。

「はぁはぁはぁ……痛《い》ってえです」

ルディが荒くなった呼吸を整える。右足のレガースとズボンが溶けて、微《かす》かに見えている足は強酸でただれていた。

痛みに耐えてナオミの容態を確認する。彼女はまだ生きてはいるが、腹部からの流血が酷《ひど》く、このままでは出血によるショックで死ぬのは確実だった。

『ハル、ナオミを搬送するぞ』

『イエス、マスター。だけど、このまま死なせた方がマスターの存在を隠せて、都合がよろしいのでは？』

ハルの指摘に一瞬だけ迷ったが、頭を横に振って考えを捨てた。

『いや、生かす。彼女は……この星で貴重な情報源……いや、友達だ！』

『イエス、マスター。ナオミを運ぶ台車を移動させます。その場でお待ちください』

『いや、コックピットまでは俺が運ぶ。その方が早い』

『マスターの怪我《けが》もかなり重傷ですよ』

『死にはしない』

ルディはハルに言い捨てると、ナオミを担いで肩に載せた。

「……くっ！　結構来るです」

ナオミの体重分だけ焼けた右足に負担が掛かり、ルディが痛みに顔を歪《ゆが》める。

それでも、彼女を助けようと歩き始めた。

ルディは火傷《やけど》で痛む右足を引き摺《ず》って、ナオミをコックピットまで運んだ。

コックピットに到着すると、治療用ドローンを載せた台車が空を飛んで、壊れた窓ガラスから入ってきた。

『マスター、彼女を台車の上に乗せてください』

『言われるまでもない』

ハルの指示でナオミを台車に乗せる。台車に載っていた治療用ドローンから止血剤の注射器を受け取ると、デーモンの爪で穴の開いた服の間から投与した。

ルディも台車に乗って、治療用ドローンから鎮痛剤を受け取り右足に投与する。

ルディたちを乗せた台車が空を飛び、ベースキャンプの治療室まで移動すると、二人を素っ裸にして治療タンクへ投げ入れた。

ルディが治療培養液の中で、隣の治療タンクに浸《つ》かるナオミを見る。

彼女は治療タンクの培養液によって、傷の再生が始まっていた。

『ナオミは4時間で完治します。ちなみに、マスターの完治は2時間です』

『俺はおまけか?』

『無茶をした報いです。あの服は衝撃を吸収しますが、酸に対しては何も対策されていません。それなのに自ら足を入れるなど、理解不能です』

『涎に酸が含まれてるとは思わなかったから、仕方がない』

『私は無茶をするなと言いたいのです』

ハルの説教にルディが顔をしかめる。

右足が完治するまでの間、ルディはずっとハルの説教と作業報告を聞いていた。

治療タンクの中でナオミが目を覚ます。

ぼんやりした意識の中、自分の体が軽い事に気づいた。

ここは……水の中なのか？

ナオミは微睡《まどろ》みながら、青い色をした水の中で息ができるのを不思議に思った。

『メディカルチェック開始……患者の状態に異常なし。治療を終了します』

女性の声が聞こえた後、治療培養液が排水溝に流れて治療タンクの蓋《ふた》が開いた。

ナオミは起き上がっても暫《しばら》くの間ぼんやりしていたが、デーモンの爪で刺された事を思い出し、慌てて自分の腹部を見た。

「傷が消えている……」

刺されたはずの傷が跡形もなく消えていた。

それだけじゃない。ナオミの体には左肩から右わき腹にかけて、大きく裂けた切り傷があった。

その古傷は、過去に起こった不幸を思い出し、彼女の心にトラウマを植え付けていた。

だが、その傷跡も穴の開いた腹部の傷と一緒に、綺麗《きれい》さっぱり消えていた。

「これは一体……いや、待て。まずここはどこだ？」

ナオミが慌てて部屋を見る。

用途は分からなかったけど、一度だけ入ったルディのベースキャンプだと思い出した。

ナオミは混濁した意識を正気に戻した後、自分が全裸なのに気づいて服を探した。

自分の服はなかったが、治療タンクのサイドテーブルに畳んである青い貫頭衣を見つける。

おそらく自分のために用意されたのだろう。ナオミはそう考えて貫頭衣を着た。

部屋を出る前に、ナオミが壁に掛けられた鏡を何気なく見る。

「なっ⁉」

鏡に映る自分の顔に驚く。そこには顔半分を覆っていた火傷痕の消えた、自分の顔が映っていた。

ナオミは一瞬誰だか分からなかったが、鏡に映っているのが自分だと気づくと、慌てて鏡の前に近づいた。

まじまじと鏡に映る自分の顔を見つめ、火傷の消えた左頬をそっと撫《な》でる。

自然とナオミの目から一筋の涙が流れた。

若い頃のナオミは、フロートリアという国の貴族の公爵令嬢だった。

彼女が14歳の時、隣国が突然攻め込んできて国が落ちる。その時、フィアンセだった王子と両親が殺され、彼女は亡命中に敵兵士に襲われた。

彼女は兵士に捕まって犯されそうになるが、組み伏せられた時に魔法が暴発する。

その場に居た十数人の兵士を殺した。

だが、その時に敵の魔法使いに体を切られて深手を負い、魔法で顔の半分を火傷した。

何とか追っ手を振り切って逃げたが、その代償に彼女の心と体には一生残る傷が残った。

「わ、若い……？」

ナオミは消えた火傷痕に気を取られていたが、怪我をする前と比べて、自分の顔の肌が瑞々《みずみず》しく張りがある事に気が付いた。

異変に気づいたナオミが自分の手を見る。森の中の生活で荒れた指先が綺麗になっていた。綺麗な自分の指にうっとりして、思わずジーッと見つめた。

「ハッ！　それどころじゃない‼」

ナオミは正気を取り戻すと、今はルディから話を聞く方が先だと、慌ただしく部屋を出た。


「ルディ！」

ナオミがリビングルームでルディを見つけた時、彼は針と糸でナオミの服をちくちく縫っていた。

「おはようです。もう夕方よ。こんばんはです」

「夕方？　どれだけ私は眠っていた？」

「4時間ぐらいです」

「たった4時間であれだけの傷を治したのか？」

「脳死してなきゃ、どんな傷でも病気でも治しやがれです。まあ、怪我《けが》が酷《ひど》かったら体入れ替えるですけど」

ルディの返答は、ナオミの常識では理解できなかった。だが、丸一日寝ていたと思ったら、僅《わず》か

4時間で傷が治った事には驚いた。

「ハッ！　それよりも聞きたいことがある」

ナオミがルディの前に座ると、彼も裁縫の手を止めて向き合った。

「まずデーモンはどうした？」

「ぐっさぐさに突き刺してぶっ殺したです」

ルディはそう言うと、申し訳なさそうな表情を浮かべた。

「アレ、そのまま放置……再生しろな可能性あるです。だから、放置してた斑《まだら》と一緒に焼却処分したですよ。ごめんですが、ナオミにくれてやる素材消えたです」

「そんな物はどうでも良い。それに、元々ルディが倒した敵だ、私は別に構わない」

「そうですか、よかったです」

ナオミの返答にルディがほっとする。

「それで、私の傷はルディが治したのか？」

「治療結果、聞けですか？」

「是非！」

身を乗り出して迫るナオミを、ルディが仰《の》け反《ぞ》りなだめた。

「まあまあ。コーヒーでも飲んで、落ち着きやがれです」

ルディはドローンが淹《い》れたコーヒーをナオミに渡すと、彼女が落ち着いたところで話し始めた。

「まず、デーモンが刺したお腹《なか》の傷が……を治したです。ついでに寄生虫……駆除しろです」

「寄生虫？」

消した古傷の話をすると思ったら体に寄生虫が居たと聞かされて、ナオミの顔が引《ひ》き攣《つ》った。

「お腹にでっかく成長したサナダムシ暮らしていやがったです」

そう言ってルディが横を向くと、壁に掛けられたモニターがサナダムシの画像を映した。

「ヒッ！」

いきなり気持ち悪いサナダムシの画像を見せられて、ナオミが悲鳴を上げる。

「別に害はないけど駆除しろです。食べ物の衛生管理は大事よ」

「そ、そう……ね……」

あんなのが自分の体の中に居たのか？　ナオミは顔を引き攣らせて、モニターのサナダムシから目を背けた。

「それと乳がんだったから、それも治したです」

「乳がん？」

今度は病気の話を聞かされて、自覚のなかったナオミが首を傾《かし》げる。

「右のおっぱいと脇《わき》の間、しこりなかったです？」

「そういえば、半年ぐらい前から……」

ナオミが指摘された場所を押してみると、しこりがなくなっていた。

「ステージI期だったから良かったです。がんが転移していたら、森の中、医者居ない。苦しんで死んでたですよ」

「私は病気だったのか⁉」

「もう治したです」

「そうか、ありがとう」

「報告は以上です」

「待て！」

ルディが締めくくろうとしたら、肝心な傷の話が出てこなくてナオミが慌てた。

「なーに？」

「顔の火傷《やけど》と体の切り傷についての報告がないぞ！」

ナオミの質問にルディが目をしばたたかせた。

「それですか？　おまけが……が？　おまけで治したです。もしかして、治さない方……良かったですか？」

ルディの問いかけに、ナオミがブンブンと頭を左右に振った。

「おまけ……いや、感謝する。本当にありがとう」

ナオミはそう言うと、テーブルに両手をついてルディに頭を下げた。

第三章　魔女の弟子入り

「ルディ。傷と病気を治してくれたお礼をしたい」

おそらくどんな大金を払っても、傷と病気は今の医学や魔法では治らず、私は死んでいただろう。

ナオミは体を治してくれたルディに何かお礼を返したかった。

「実はですね……もう奪ったです」

ルディが急にモジモジし出して上目遣いにナオミを見た。

「……奪った？」

「この星の人体データ……情報欲しかったから、ナオミの体を調べたです」

「そこは『奪った』ではなく『貰《もら》った』と言うべきだ」

「そうとも言うです」

「だけど、そんなもので良いのか？」

「貴重なデータでした。おかげで人の体、マナの流れ、だいたい分かったです」

そう言って、ルディが頭を下げる。

ルディの常識では、許可なく女性の体を調べるのは、セクハラと人権をまるっと無視した行為だった。下手《へた》したら裁判にもなりうる事案でもある。だけど、そこは治療のついでという事で、ルディは無理やり誤魔化《ごまか》した。

「……ほう。それは私も聞きたいな」

ナオミは自分の体を調べられたと聞いても特に怒らず、逆に調べたという自分の体に興味が湧《わ》いた。

「だったら聞けです」

「そこは『教える』と言うべきだ」

「お……教えるです」

ルディは言葉遣いを訂正した後、ナオミの体を分析した結果を彼女に教えた。

この星の人間は、食事に含まれるマナウィルスを食べる事でマナを吸収していた。体内に入ったマナは分解されて血管の中に入ると、赤血球と融合。体内を巡って、骨髄と脳髄に蓄積されていた。

ルディから話を聞いて、ナオミが納得する。

「なるほどね。だから成長期に食事に困らない貴族は、平民と比べて魔法に長《た》けているのか……」

「貴族？　この星の社会制度、封建主義ですか？」

「まあそんな感じだな。各国に王が居て、その王と貴族が全《すべ》ての行政を行っている」

「独裁政治かぁ……古臭《ふるくせ》ぇ社会制度です」

ルディの居た銀河帝国にも皇帝は存在している。だが、皇帝は行政に関わっておらず、政治は基本的に三権分立が確立されていた。そして、帝国に属する数百もの国の王様や首相による議会制度なので、帝国と言うよりも共和制に近かった。

「話が横流れ……横道したから、マナの話に戻れです」

「分かった。少しだけ魔法詠唱についての説明をしよう」

「宜しゅうです」

ナオミの説明によると、魔法の発動には頭の中で考えた魔法の指向性を、詠唱で確定させる事が必要だった。なので、無詠唱だと魔法は発動しない。

「ついでに言うと、詠唱は魔法の制御を兼ねていて暴発を防ぐ目的もある。魔法の才能がある赤ん坊は、泣くと無害なマナを放出するんだ。私がそうだったらしい」

「なるほどです」

ナオミの補足説明にルディが頷《うなず》いた。

「教えてくれてありがとう。色々参考になったよ。特にマナの貯蓄場所が分かったのは面白かった」

「こちらこそよ。おかげで僕、魔法を使えろ可能性、高いなったです」

「ん？　ルディは魔法が使えるようになるのか？」

「僕、まだこの星に来て2日と半日よ。今はワクチンでマナに抵抗するだけで精一杯です。だけど、魔法使えろの研究しとるよ、いつか魔法使えるようになれです」

「そんな事もできるのか……」

ナオミが「宇宙人凄《すご》いな」と唸《うな》っていると、ルディの頭にナオミが返せるお礼の品が浮かんだ。

「ん――。どうしてもお礼してぇなら、1つあるです」

「おっ、なんだ？　何でも言ってくれ」

どんな事を言ってくるのか？　ナオミは目を見開いて、ルディの話を待つ。

「僕が魔法を使えろになったら、ナオミの魔法教えろです」

そう言ってルディが頭を下げると、ナオミが可笑《おか》しそうに笑って肩を竦《すく》めた。

「奈落《ならく》の魔女と言われた私に『教えてください』と言って頭を下げたヤツは沢山居たけど、『教えろ』と言って頭を下げたのはルディが初めてだ」

「ダメですか？」

上目遣いで様子を窺《うかが》うルディに、ナオミが微笑《ほほえ》む。

「いいや。ルディにならば、私が知り得る全ての魔法を教えよう」

返答を聞いたルディが、もう一度ナオミに頭を下げた。

「宜しゅうお願いしますです、ししょー」


二人が話をしている間に時は過ぎ、空には星が輝いていた。

「ししょー、まだ服、直ってない。今日はここに泊まれです」

「そういえば、私の服を直していたな」

「まだへそ出しルックです」

ルディが手直し中のナオミの服を広げると、腹部に無数の穴が開いていた。

「別に誰《だれ》に会うわけでもないし、そのままで良いぞ」

「ししょー、守れなかったです。せめてものお詫《わ》びよ」

「律儀だな」

「弟子として当然です」

ルディの弟子入り直後から、師匠と呼ばれるようになったナオミが照れくさそうに笑った。

「年下の弟子というのは可愛《かわい》いものだな」

「僕の方が年上です」

ナオミの話にルディが頬をぷくっと膨らませる。

「見た目の問題だよ」

ルディはナオミの服をチクチク縫っていたが、今日中に終わらないとみるや、ドローンに任せる事にした。

『自分で縫うのでは？』

匙《さじ》を投げたルディにハルが問い掛ける。

『……頑張っても報われないという事実を受け入れたんだ』

ハルのツッコミに、ルディは言い訳をしてから、裁縫の続きをドローンに命令した。

ドローンはルディが縫った部分を解《ほど》いて最初の状態に戻すと、新たに縫い始めた。その縫い方は、ルディが縫うよりも丁寧だった。

ドローンの作業に、ハルはルディの言っていた事が正しいと納得した。

ルディはドローンに裁縫を任せた後、夕ご飯を作るために席を立った。

「ししょー、今日はエスニック食えです」

「エスニック？」

知らない単語にナオミが首を傾《かし》げる。

「激辛です」

「それは、わざと辛くしてるのか？」

普段のナオミは塩に僅《わず》かな調味料だけの料理しか食べてない。なので、激辛と聞いてもどんな料理なのか想像できなかった。

「そうですよ」

「辛くしたら不味《まず》いだろう」

「その辛さが癖になるです」

「まあ、ルディの作る料理は美味《おい》しいからな。食べてみよう」

「任せろです」

ルディはキッチンに入ると、冷蔵庫から食材を出して料理を作り始めた。

キッチンから香辛料の香りが漂ってくる。香りに、頬杖《ほおづえ》をついてルディを眺めていたナオミのお腹《なか》が鳴った。

「なんか食欲をそそる匂《にお》いだな」

「良い香りです」

「ところでルディ」

「なーに？」

「ルディは目立ちたくないと言っていたよな」

「そうですよ？」

「だったら、ここに家を作ったのはマズイと思う」

「……何で？」

「ここは辺境の森でめったに人は来ない。それでも斑《まだら》を倒そうとするバカが来る。そいつらにこの家を見られたら目立つぞ」

ナオミが参加して失敗に終わった討伐以降、斑を倒そうとする冒険者は居ない。けれど、いつかまた斑を倒そうとする人物が現れる可能性は十分にあった。

「なるほどです」

ルディが料理の手を止め、考えながら口を開いた。

「だったら、宇宙船調査終わったら、引っ越すです」

「引っ越すってどこに？」

「ししょーの家です」

「……は？」

ルディの返答に、頬杖していたナオミの顔がズレ落ちた。


「う、家に来るのか⁉」

「僕、弟子入りしたですよ。ししょーの家に住み込み当然です」

驚いているナオミに、ルディがさも当然のように言い返す。

「だけど、私の家に空いている部屋なんてないぞ」

「今すぐ違うですよ。それよりもご飯できたから食べろです」

「いや、重大な話だ。先に済ませたい」

「ししょーお酒飲みますか？」

「ほう……酒があるなら頂こう……いや、待て。また私を釣ろうとしただろ」

ジロッとナオミが睨《にら》むと、ルディが気まずげに顔を背けた。

「何故《なぜ》バレたし……」

「やっぱり……」

「だけど、料理冷める不味いよ。先食べろ、それは譲らねえです」

開き直ったルディの押しに、ナオミも仕方がないと頷いた。

「分かった、分かった。だけど、後できちんと話は聞かせてもらうからな」

「了解です」

ルディは頷くと、テーブルに料理を並べた。

「トムヤンクンとガパオライスです」

「これがエスニックか……」

「正確にはタイという国が発症の料理……が？　発症？　違う、タイという国の発祥の料理です」

食卓に並べられた料理に、ナオミがゴクリと唾《つば》を飲み込んだ。

トムヤンクンは赤茶色のスープに大きなエビが入っている。食欲をそそる香辛料の刺激的な匂いが立ち昇り、どうやら先ほどからしていた匂いは、このスープからだったらしい。

ガパオライスは一つの皿に、豚のひき肉とピーマンとたまねぎの炒《いた》め物、その隣に目玉焼きを乗せたライスが一緒になって盛られていた。皿の端には、付け合わせに切ったきゅうりが添えてあった。

「ヤバイ、マジ、ヤバイ、凄く美味そう」

「ししょー、語彙《ごい》力落ちろです」

「お前がこんな美味《うま》そうな料理を作るからだ」

「僕のせい、されてるです」

軽くショックを受けているルディを無視して、ナオミがスプーンを掴《つか》む。

トムヤンクンのスープを掬《すく》って一口飲む。すると、凄く辛いスープの中から凝縮したエビの甘さと、ココナッツの甘さが一気に押し寄せてきた。

「ん――辛い！　だけど美味《おい》しい‼」

あまりの美味しさに、ナオミの背筋が伸びて体を震わせた。

次にガパオライスの炒め物とライスを合わせて、その上に目玉焼きを載せる。それを一口で食べた。

バジルとにんにく、それに調味料のナンプラーとオイスターソースが絡み合っている。さらに半熟の目玉焼きがまろやかな味となり、こちらも凄《すご》く美味しかった。

「これは癖になる、最高だ！」

ナオミが辛くて美味しい料理に満足していると、ルディがビールを注いだグラスを渡した。

「ししょー、ビール飲めです」

「ん、ありがとう」

グラスを持ち上げて、まじまじと黄金に輝くビールを覗《のぞ》き込む。

「私の知っているビールとは色が違うな」

「この星のビール知らないです」

「じゃあ、試しに一杯」

ナオミがぐびっとビールを一口飲む。すると、麦の旨味《うまみ》とホップの苦みが喉《のど》を通り、今まで飲んだビールと比べて何倍も良いのど越しに酔いしれた。

「今まで飲んだことのない美味《おい》しいビールだな。これは本当にビールなのか？」

「普通のラガービールです」

「そのラガーというのを知らないんだ」

ナオミが知らないのも当然。この星では低温発酵が必要なラガービールはまだ作られておらず、エール系と呼ばれる種類が主流だった。そして、ビールに入れるべきホップも、一部の地域でしか使用されていない。しかも、保存が利くという理由で毒草が入っているビールすらあった。

このまま酔わせて、師匠の家に住む許可をもらおう。ルディはそう思いながら、空になったナオミのグラスにビールを注《つ》いでいた。

2時間後……。

ルディはナオミにビールの他にもワインやウィスキーを飲ませて、自分も彼女に合わせて飲んでいた。

「ししょー、お酒強いです……」

「そうか？　ルディが弱いだけだと思うぞ」

「ばたんきゅー」

その結果、先にルディが酔っ払って、ぐるぐる目を回しテーブルに倒れた。悪だくみ失敗。

酒豪だったナオミが倒れたルディに肩を竦《すく》める。

この様子では引っ越しについて聞けないなと、手酌でワインをグラスに注いで美味しそうに飲んだ。


翌朝。

ナオミが柔らかいベッドの上で目を覚ました。

昨晩はルディが酔っ払って倒れた後、ドローンが彼女を寝室まで案内してくれた。

「んー──昨日《きのう》は久しぶりに飲んだな……」

森の中で暮らしていると酒は滅多に手に入らない。今までのナオミは、一週間に一度だけ晩酌でチビチビと飲むぐらいだったので、こんなに飲んだのは久しぶりだった。

化粧台に座って、ナオミが鏡に映る自分の顔を見る。

あれだけ憎かった火傷《やけど》痕が消えているのが、今でも信じられなかった。

「火傷が消えても私の復讐《ふくしゅう》は終わらない」

ナオミが鏡の中の自分に語り掛ける。

傷は消えても、祖国を滅ぼされ、両親とフィアンセを殺された過去は消えない。

敵を討っても幸せは戻ってこないが、それでもナオミは国を滅ぼした相手への復讐を改めて誓った。

化粧台に置いてあった櫛《くし》でナオミが髪をとかしていると、直した彼女の服を持ってドローンが部屋に入ってきた。

「もう直したのか、偉いな」

ドローンがナオミに服を渡して、その場で漂う。

「……もしかして、確認して欲しいのか？」

その質問に、浮いていたドローンが上下に動いた。

「分かった、待ってろ」

服を広げて確認すると、穴の開いた箇所は見る影もなく塞《ふさ》がれていた。

新品同様の仕上がりに、ナオミは文句の付け所が何一つなかった。

「素晴らしい出来栄えだ。ありがとう」

ナオミが礼を言うと、ドローンはもう一度上下に動いて部屋から出ていった。

ナオミがリビングルームに行くと、額に濡《ぬ》れタオルを置いたルディがソファーの上で倒れていた。

「やあ、おはよう。昨日はご馳走様《ちそうさま》」

「……おはよう……です」

ナオミに視線を向けてルディが辛そうに答える。ナオミはその様子に肩を竦めると、向かいのソファーに座った。

「二日酔《ふつかよ》いか？」

「見てのとーりです。頭ガンガン、しんどいです」

「そうか、大変だな。それじゃ、家に来るという話を聞こうか」

それを聞いたルディは思わず二度見して、振った頭が痛くて呻《うめ》き声を上げた。

「……今ですか？」

その質問にナオミが頷《うなず》くと、ルディはぐったりした様子で額のタオルを取って体を起こした。

「昨日、話を聞けなかったからな」

「ししょー、鬼畜です。うぷっ！」

ルディが口元を押さえて吐くのを堪《こら》える。

「弟子には厳しく指導する事にしているんだ。まあ、今決めたけど」

「……はぁ」

ルディはため息を吐《つ》くと、引っ越しについて話し始めた。

「ベースキャンプ、宇宙船の幼児……幼児？　違う、用事が済んだら引っ越せ予定でした」

「せっかくこんな丈夫な家を作ったのに何でだ？」

「この近く、水場ないです」

誰《だれ》もが納得する理由に、ナオミが頷いた。

「ああ、なるほど。確かにそうだな」

「それと、僕。この星の生活、慣れろな必要あるです。だから、ししょーの家にホームステイです」

「ホームステイとは？」

「留学先の文化、早く学びやがれな感じで、他人の家に居候です」

ルディの説明を聞いて、ナオミが自分の家を思い浮かべる。

自分の家に住んだら、ルディに間違った知識を与えてしまうのでは？　と首を傾《かし》げた。

「だけど、昨日も言ったが、私の家には空き部屋がないぞ」

「だったら、ししょーの家のそば、新たなベースキャンプ建てろです」

「待て。私の家にも客は来るぞ。こんな目立つ家が建っていたら怪しまれる」

「ベースキャンプ、地下に建てろよ。へーきへーきです」

「地下に⁉」

こんな立派な家が地下に入るのかと、ナオミが目を大きく開いた。

「宇宙の星々、空気ない、地上危険、そんな場所いっぱい。だから、普通は地下に建てろです」

「何でそんな星に住もうとするんだ？」

「そこに資源があって、銭稼ゲロ……おっと、吐きそうになったです」

「宇宙人も強欲だな」

ナオミは弟子にすると言った手前、今更断るのは、命を救ってくれた恩人に仇《あだ》を返す行為だと考えた。

ルディは部屋がなくても地下に部屋を作るから問題ないと言う。

そのルディ自身の人格も、ナオミから見て問題なかった。

……そしてなによりも、ナオミが落ちる決め手になったのは、ルディの作るご飯だった。

ナオミが昨晩のエスニック料理を思い出して、口の中に溜《た》まった唾を飲み込む。

あれが毎日食べられるなら、どんな貴族でも大金を払ってルディを雇うだろう。それがタダって言うんだから、拒否できるわけがない。

「分かったよ。そんなに家に来たけりゃ来ればいい。ただし、弟子になったからには、炊事洗濯は任せたぞ」

若干、ご飯で落とされた気がしないでもなかったが、ナオミはルディを家に住ませる事を了承した。

「ありがとうです。では、吐いてくるです」

ルディはナオミにペコリと頭を下げると、直ぐに口元を押さえてトイレへ駆け込んだ。

ルディはトイレから戻ると、青い顔をして「胃酸よ逆流するなです」と呟《つぶや》き、胃の辺りを押さえた。その彼の前でナオミがドローンが作った朝食を食べる。

今日の朝食はオムレツにサラダ。それにパンとオニオンスープが付いていた。

どれも美味《おい》しくて、ナオミは全《すべ》て平らげた。

「本当に、宇宙船の調査は大丈夫なのか？」

「ドローンに任せていろです」

朝食後、ベースキャンプを出たナオミの質問に、問題ないとルディが答える。

これから二人は、ナオミの家に下見をしに行く予定だった。

「まあ、本人がそう言うのなら構わないが……」

ナオミはそう言うと、自分とルディに魔法を掛けた。

「今の何ですか？」

「気配消しの魔法だよ。大声を出したらバレるけど、多少の事じゃ敵に見つからなくなる」

「魔法、便利。早《は》よ僕も使えろです」

「魔法が使えるようになったらこの魔法も教えてあげるよ」

「楽しめです」

嬉《うれ》しそうに頷くルディとは逆に、ナオミの見立てでは彼の体内に魔力は欠片《かけら》もなく、本当に魔法が使えるようになるのか半信半疑だった。

「迷子《まいご》にならないように、しっかり付いてこいよ」

「了解です」

ナオミのすぐ後にルディが続いて、二人は森の中へと入った。


森に入ってから1時間。

ナオミの家に向かう途中、大きな虎に似た獣や、巨大な蛇を発見したが、ナオミの隠蔽《いんぺい》魔法で二人は気づかれずに通り過ぎた。

「やはり一昨日《おととい》の夜から森が騒がしいな」

巨大な蛇が通り過ぎた後、ナオミが呟いた。

「そーなんですか?」

それを聞いて、普段の森を知らないルディが質問する。

「おそらく、ルディの乗ってきた空飛ぶ船のせいだろう。あんな大きな船が空から来たら、どんな獣だって警戒はするさ」

「昨日《きのう》、ししょーが魔物を大量虐殺したせーじゃねーですか?」

「たまにやってるから、関係ないだろう」

「弟子入りしたししょーが、実はやベーヤツだったです」

「今更、何をほざく。さあ、家に着いたぞ」

ナオミは家に着いたと言うけど、ルディの目の前には茂った木々しか見えなかった。

「何もねーですよ」

「ここら一帯に幻術の魔法を掛けてある。私の許可がなければ見えない仕組みになっている」

「科学ねぇのに光学迷彩、すげーです」

ルディが驚いていると、ナオミが彼の頭に手を乗せて呪文《じゅもん》を唱える。すると、突然ルディの目の前の木々が消えて開けた広場が現れた。

広場は野球場ぐらいの広さがあった。中心近くに小さな畑と一本の大木が立っており、木の下に木造のオンボロな物置小屋が立っていた。

「ししょー、家はどこですか？」

どこを探しても家らしき建物がなく、ルディがキョロキョロと見回して首を傾げる。

「あの大木の近くにあるだろ」

「……ししょー。もしかして、あんなぼろっちい物置小屋、住んでろですか？」

どこからどう見てもただ物置小屋にしか見えず、ルディは思わず聞き返した。

「ぼろで悪かったな。住み心地は……まあ、良くはないな」

「魔法で家、建てられぬです？」

「魔法だって万能じゃない。女がたった一人、森の中で一から家を作ったらあれが限界だ」

リアリティがありすぎる理由に、何故《なぜ》かルディは納得してしまった。

「とりあえず、家に来な。白湯《さゆ》ぐらい出すよ」

すたすた歩き出したナオミの後を、ルディが慌てて追った。


ルディが家の中に入ると、外観から予想した通り内装も酷《ひど》かった。

壁は隙間《すきま》が空いており、冬になったら冷たい風が入ってきて寒いだろう。

部屋は一部屋しかなく、今にも壊れそうなわら敷きのベッドと、作業用の大きな机があった。

その机には様々な葉っぱや木の実、それと薬研《やげん》が置かれていた。

「お湯を沸かしてくる。適当に座って待ってろ」

ナオミから言われて、ルディが机の近くにあった椅子に座り、キョロキョロと部屋の様子を見ていた。

その間にナオミは水瓶の水を汲《く》むと、外へ出ていった。

何故ナオミが外に出たのか分からず、ルディも外に出る。すると、彼女は家の近くで薪《まき》に火をつけて、水を沸かしていた。

「……家の中、台所ねえですか?」

「見ての通りだ」

「……他に部屋は?」

「小さな物置部屋がある」

「……トイレは？」

「外でしてきな」

「………」

ルディはベースキャンプに宿泊した時のナオミの行動を思い返した。

彼女はベースキャンプに居た時、一度もトイレに行かなかった。だが、時々花を摘んでくると言って外に出ていたけど、戻ってきた時に花など持ってないから、不思議に思っていた。

「時々外に出ていっていたのって、まさか……」

今の会話でルディは理解してしまった。

ナオミは水洗トイレを見た事がなく、使い方以前に水洗トイレの存在を知らない。だから、外で用を済ませていた。

「ししょー、なんで森で一人、生活してろです？」

惑星に降りる前に見た衛星写真では、人類はもう少しましな生活をしていた。

何故ナオミが屋根があるだけまだましな家に暮らして、人里離れた生活をしているのか、それがルディには不思議だった。

その時、森からリスが餌を求めて近寄ってきたので、ナオミが手を差し伸べる。

リスはナオミの手に上って餌はないのか？　と、首を傾《かし》げた。

「人間が嫌いだからさ」

リスに微笑《ほほえ》みながらナオミが寂しく呟く。

「……？」

「時期が来たら話すよ」

考え事をしていたルディはそれに気づかず、彼女の生活改善をしようと決心した。

「ししょー、リフォームしろです！」


「リフォーム？」

聞き返すナオミにルディが大きく頷《うなず》いた。なお、リスはルディの大声に驚いて逃げていった。

「今の生活、現人類以前の生活よ。ししょーは原始人《ホモ・トログロダイト》ですか？」

「ホモなんだって？」

人類の進化について知らないナオミが聞き返したが、それを無視してルディが話を続ける。

「贅沢《ぜいたく》しろとは言わんですが、清貧にも限度あるですよ。ここに何年住んでたですか？」

「3年ぐらいか？」

「よく今まで生きていやがったです。冬はどうしてたんです？」

「魔法で体温調節してた」

ナオミの返答にルディが呆《あき》れた。

「エアコン要らずの便利な体だけど、やってることはアホ丸出しです。だから、家、建て替えろです」

「待て、来る前にも言ったがうちにも来客はある。お前は目立ちたくないのだろう。あの家みたいな奇抜なのはマズイぞ」

「僕、ししょーと違ってアホちゃうですよ。当然バレないように、この星の文明に合わせろです」

「師匠に向かってアホとはなんだ」

「アホじゃなければ、マゾです。これから僕、ししょーと生活しろなのに、こんなボロ家ゴメンですよ！」

ナオミも強く言われて、今の家はさすがにないなと思い始めた。

それに、奇抜な家を作らないと言っているから、たぶん大丈夫だろう。

「だったらどんな家を作るつもりだ？」

「丸太小屋なら、ギリセーフ？」

「それなら……まあ、普通だな。だけど、今から丸太を作るとしても、丸太を乾燥するのに一年ぐらい掛かるぞ」

「ぐぬぬ。乾燥、魔法でできないですか？」

その質問に、ナオミが腕を組んで考える。

「丸太の乾燥を魔法でねぇ……そんな雑用に魔法を使うなんて誰《だれ》も思い付かない考えだが、水系でできないこともないか？」

「だったら作れです」

「木を伐るだけでも大変だぞ」

「伐採、僕がしろです」

「……分かった。面白そうだから許可しよう。伐採はルディに任せるよ」

「やったです」

こうして急遽《きゅうきょ》、ルディはナオミの家を作る事になった。


『丸太小屋を作るのに必要な道具のデータはありません』

家を作ることが決まって、ルディがハルに連絡を入れる。ハルはルディから命令を聞くなり、できないと即答した。

『確かに宇宙船の管理ＡＩに、丸太小屋の建設データなんて入っているわけないな』

『その通りです』

そこでルディはナイキが出航する前の事を思い出した。

『積み荷を受け取りに立ち寄ったスガラ連邦で、通販カタログが送られて来たよな。確かアレって金持ち専用のカタログなのに、間違って俺のところに送られたけど、まだ残ってる？』

『イエス、マスター。まだデータは消去していません』

『チラッとしか見てないけど、やたらと豪華なログハウスが売ってた気がするけど、どうだ？』

『……確かにありますね。データを送りましょうか？』

『頼む』

ハルから送られたデータを見れば、二階建ての大きなログハウスが高い値段で売られていた。

『よし、外観だけじゃなく内装のデータもある。ハル、このデータを使って必要な道具と木の本数を見積もれ』

『無茶言いますね』

『できないのか？』

『……できます』

『じゃあ、よろしく』

ルディの無茶振りにハルは仕方なく、ログハウスの見積もりを計算して、必要な道具をナイキで製作し始めた。


「ししょー、明日から家を作り始めろです。家ができるまで、ししょーは僕の家に泊まれですよ」

ルディはハルとの連絡を終えると、焚火《たきび》の近くでくつろいでいたナオミに話し掛けた。

「……良いのか？」

「良いも悪いも、明日にはこのボロ家ぶっ壊すですよ。必要な物、今すぐまとめろです」

「なっ！　壊すのか？」

「木っ端みじんです。跡地に地下室とログハウス建てろです。台車用意するし、僕、手伝うです。何から運べですか？　さあ、さあ」

「分かったから、慌てるな」

ルディに煽《あお》り立てられナオミが慌てて部屋に入る。何を持ち出すか考えて、中の荷物を外に運び出した。

「ルディ、ベッドを運ぶから手伝ってくれ」

「そんなわらを敷いただけのぼろっちいベッド捨てろです。もっと良いの作るです」

「だったら、机を……」

「何ですか、これ？　表面がデコボコですよ。これも処分です」

「……そうか」

おそらくベッドも机もナオミの手作りだったのだろう。彼女は少しだけ名残惜しんだが、諦《あきら》めて他の物を集め出した。

しばらくすると、ルディが呼んだ台車が飛んできた。二人でナオミの荷物を全《すべ》て台車に載せ始める。

「ししょー、本当にこの葉っぱと木の実、持っていくですか？」

「持っていく。これらはポーションの素材だからな」

「ポーション？」

ルディもポーションの名前ぐらいはゲームで知っているが、実物を見るのは初めてだった。

「傷を治す薬だ。深手の傷には効果は薄いが、多少の傷ならすぐに治る」

「これも魔法ですか？」

「魔法薬だ。マナを中和する木の実に、治療効果のある草。それに、私のマナを注げばできる。時間があったら作るところを見せるよ」

「楽しみです」

魔法の薬も面白そうだとルディが頷いた。

それから二人は、全ての荷物を台車に載せた後、ルディの家に戻った。


ベースキャンプに戻ると、ナオミの荷物を積んだ台車を倉庫に置いて、二人はリビングルームに腰を落とした。

「それで、どんな家を作るか決めたのか？」

ナオミの質問にルディが頷く。

「もちろんです」

「一応私の家になるんだから、どんなのかを教えてくれ」

「イメージとしてはこんな感じですよ」

そう言ってルディが壁掛けのモニターを指さす。

ナオミが振り向けば、そこには通販カタログデータに載っていたログハウスが映し出されていた。

「なっ⁉　豪華すぎるだろ！」

ナオミが席を立って、大声で叫んだ。

「豪華？　普通ですよ」

完成予定のログハウスを見て驚くナオミに、ルディがしらっと答える。

「いいや、豪華すぎる。まず、部屋は幾つある？」

「えっと、５ＬＤＫです」

「ＬＤＫ？」

間取りの意味を知らないナオミが首を傾《かし》げる。

「一階に二部屋、二階に三部屋、それとダイニング、キッチン。もちろん風呂《ふろ》、トイレ、当然付いてろです」

「私は丸太小屋を作ると聞いたが？」

ナオミの持っている丸太小屋のイメージは、ただ木を積み上げて作る掘っ立て小屋だった。モニターに映る家は、どこからどう見ても小屋ではない。

「礎石敷くけど、丸太で作りです」

「そんなに部屋を作ってどうするんだ？」

「二階の二部屋、ししょーと僕が部屋……が？　違う、の部屋。一階は、ししょーの作業部屋と書斎。あとの一部屋は客室の予定です」

「………」

「ダメですか？　倉庫と僕の研究施設は地下に隠すです」

立《た》ち眩《くら》みしてふらつくナオミを上目でルディが窺《うかが》う。

「そんな大きな家をすぐに作れるのか？」

「丸太の乾燥次第です。材料あれば、伐採含めて二週間、見積もれです」

「作れちゃうんだ……」

信じられない現実にナオミはそう言うと、ふらふらと歩き出した。

「ししょー、どこ行くですか？」

「花を摘みに行く、少し気持ちを落ち着かせたい」

「だったら、待てです」

「……何だ？」

「こっち来るです」

ルディはナオミをトイレの前に連れていった。

「ここ、トイレです」

「……手洗い場じゃないのか？」

自動洗浄の水洗トイレにナオミが首を傾げる。

ゴン！　ゴン！　ゴン！

ルディは彼女の返答にショックを受けて、壁に何度も頭を打ち付けた。

「文明レベルの違い、文明レベルの違いです」

「……？」

ナオミはルディの奇行に驚いていたが、正気に戻った彼の説明を聞いてさらに驚いた。

「たかがトイレだぞ！」

「一度試してみろです」

ルディはそう言って立ち去り、一人残されたナオミは本当にこんな豪華な噴水で用をたして良いのか悩んだが、ルディが言うんだから間違いないだろうとトイレに入った。

……十分後。

「おかえりです。どうでした？」

「……凄《すご》かった」

ルディにそう答えるナオミは感動に打ち震えていた。

「あのトイレは絶対に付けるべきだ！」

「オーバーテクノロジー、ダメーです」

新しい家にも自動洗浄の水洗トイレを入れたい！　興奮した様子で主張するナオミに、ルディが腕を交差、バッテンを作って却下した。

「だってボタン一つで洗ってくれるんだぞ。あんな便利なのを付けないでどうする？」

「紙で拭《ふ》けです」

「オーバーテクンロジーと言うなら、あの紙だってそうだ。なんだ、あの柔らかい紙は！　拭くのがもったいない！」

「テクンロジーじゃなくテクノロジーです」

「いつも言葉遣いを間違えているお前が指摘するな」

「ぐぬぬ、言い返せぬです。で、話し戻せ。トイレットペーパーもダメ？」

「この世界で紙と言ったら動物の皮か、ゴブリンの皮膚で作った皮紙だ。あんな柔らかい紙はこの星には存在しない」

「……ししょー、今まで何で拭いてたです？」

「葉っぱだ」

「オーノー」

葉っぱで拭いたら回虫が寄生する危険もある。あまりにも原始的な拭き方に、ルディが頭を抱えた。

それから二人は話し合い、一階は客室二つと作業部屋。二階の一室を書斎。そして、トイレは二階と一階に一つずつ作って、二階は自動洗浄の水洗トイレ、一階は来客用のこの星に合わせた汲《く》み取《と》り式のトイレに決まった。

トイレの話し合いが落ち着くと、ルディは家の他の設備をナオミの魔道具という事で隠すように提案した。

「つまり、他の設備は全部私が作った魔道具という事にするんだな」

「そうです。この星の文明、まだ水道、下水道の施設ない。衝撃でした」

「一応、都市に行けば下水道はある。だけど近くの村には井戸ぐらいしかないな」

「水はししょーの家、近くの小川からポンプで汲《く》む、でタンクに貯めろです」

「それだと水汲《みずく》みが楽になるな……」

「ししょーの考え分かってろです。自動洗浄水洗トイレはダメー」

ルディの言い返しにナオミが苦笑いをする。彼女も先ほどは興奮のあまり、理性を失っていたのを自覚していた。

「分かった、分かった。だけど誤魔化《ごまか》すと言っても、例えば何がある？」

「例え、冷蔵庫です」

「ああ、食料を冷やす箱か。あれは便利だな」

「客人、勝手に冷蔵庫開けない思うのよ。だけど、地下へ落とす……落とす？　違う、置くです」

「他には？」

「うーん、照明は？」

ルディが天井の照明を指さす。

「貴重だがなくもない。ある程度高貴な貴族だったら、似たような物を持っている」

「だったらギリセーフです。だけど、この星の文明、発達してるのか未発達なのか分からぬですよ」

「宇宙で生活している君から見れば、どんな文明も未発達だろ」

ナオミが肩を竦《すく》めると、ルディが頭を左右に振った。

「そうでもないですよ。宇宙広し。例えば、発達しすぎた文明で、精神共同体になった種族居たです」

「それで？」

「その種族、肉体捨てて精神だけの永遠の命得た。代償、意識が統一で個性なくなったです。ある日、一人が自殺。すると全種族……同時に自殺して絶滅したのです」

「文明が発達するのも、問題があるんだな」

「急な文明発達、危険。便利と同時に災い招く。今のしょーです」

ルディの指摘に、ナオミがゴクリと唾《つば》を飲み込んだ。

「……なるほどね。分かった、気を付けるよ」

「だからトイレはダメー」

「そういうオチか……」

再びルディが腕を交差してバッテンを作り、ナオミが苦笑いしていた。

「ししょー、今日の夕飯は地中海料理です」

夕方になって、そろそろ夕食を作ろうかと、ルディが話し掛けてきた。

「地中海？」

「地中海、僕も知らん。ただ料理の発祥の地らしいです」

「ふーん。どんな料理なんだ？」

「ギリシア風？　オリーブオイルいっぱい、野菜と肉料理です」

「うん、美味《うま》そうだ。楽しみにしている」

「楽しめです」

そう言うと、ルディは席を立って、キッチンに向かった。


「ししょー、料理できたです」

「おー待ってたぞ」

ルディが作った晩ご飯は、ギリシア風の地中海料理。テーブルの上に置いた料理を見てナオミがお腹《なか》を鳴らした。

まずは野菜にイェミスタ。

トマトとパプリカの中身をくり抜き、抜いた中身をミキサーにかけてペーストにした後、オリーブオイルで炒《いた》める。米とひき肉、トマトソースを合わせてから、くり抜いた後の野菜に戻していた。

パンに付けるディップにタラモサラダ。

たらこをほぐし、マッシュポテトと合わせてから、レモン汁やすりおろしニンニク、オリーブオイルで味付けされていた。

そして、肉料理にクレフティコ。

骨付きのラム肉をオリーブオイルとレモン汁でマリネにし、アルミホイルに包んで蒸し焼きにしている。

最後にヨーグルト。

ヨーグルトを水切りして、ギリシャ・ヨーグルト独特のクリーミーな味わいとなっている。その上にミントを載せて、清涼感も味わえるようにした。

「ヤバイ、今日も美味そう！」

「ししょー、また語彙《ごい》力なくなってろです」

料理を見て興奮しているナオミにルディがツッコミを入れる。

「だから、こんな美味《おい》しそうな料理を作るルディが悪い」

「ええー、そんなぁ……」

昨日《きのう》と似たような会話をしていると、ドローンがお酒を運んできた。

「ししょー、食前酒飲むですか？」

「もちろん」

ルディの提案にナオミが頷《うなず》く。

「今日のお酒はウゾですよ」

「ウゾ？」

「ギリシア、お酒です。水割りで飲め美味いです」

ルディがウゾをグラスに注いでから水と氷を入れる。すると、透明だったウゾが白く濁った。

「さて、どんな味かな？」

ナオミが期待を込めて水割りのウゾを飲む。甘い香りのするアニスの香辛料をベースに、コリアンダーなどの香料が口の中に広がって、スッキリ美味しかった。

「良い香りと味だな」

「ぷはーうめぇです」

ナオミの意見にルディも同意見だと頷いた。

料理はどれもオリーブオイルがふんだんに使われており、味は絶品。清涼感のあるヨーグルトが油っぽくなった口の中をスッキリさせて、いくらでも食べられそうだった。

「ルディは料理が好きなのか？」

食事中の会話でナオミから問われて、ルディが頷く。

「作るのも食べろのも好きですよ」

「だから色んな料理を知ってるんだな」

「色んな料理、知っていろ。それには、ふかーい理由あるのです」

「理由を聞こう」

「僕、宇宙で運送屋。これ前に話したですよ」

「ああ、覚えてる」

「荷物運んで色んな星飛んでろです。だけど着いた先、忙しく観光しろ暇ねえですよ」

「それで？」

「観光できねえから、その代わりに星の料理食べ歩き。それで移動中は暇、だからうめぇ料理、再現して作れです」

「なるほど。全然理由が深くないな」

ナオミが頷いていると、ルディが彼女の顔をジッと見て口を開いた。

「だけど、ししょー。ししょーと一緒に食べて気づいたのです」

「何をだ？」

「一人で食べるより、他の誰《だれ》か一緒に食べる。料理がおいしいです」

ナオミが笑って頷いた。

「私もそう思うよ」

こうして二人は、魔法や科学、他にも色々な事を話しながら夜遅くまで飲み明かした。

翌朝。

酒豪のナオミにつき合ったルディは、また二日酔《ふつかよ》いでぶっ倒れていた。

「ばたんきゅーです」

「ふらふらだけど、大丈夫か？」

「ししょー、お酒強すぎです」

「普通だと思うが……」

「僕、お酒飲む方ですよ。それなのに敵わぬ、異常です」

ルディがげんなりとため息を吐《つ》いた。

「それで今日はどうするんだ？」

「午前中、宇宙船に入れ。午後はししょーの家作りです」

ナオミの質問にルディが答えると、彼女はあきれた様子で肩を竦めた。

「なんか忙しいな」

「ししょーの家、あんなボロッちいからですよ」

「家を作り直すと言ったのはルディだろ」

「そうさせたししょー、悪人です」

昨日と同じく、ルディが「胃酸よ暴れろなです」と朝食を抜いて、ナオミだけ朝食を食べると、二人は宇宙船の中に入った。

◆

二人が宇宙船のAIルームに入る。AIルームは前と変わらず、部屋の中央に巨大なコンピュータがそびえており、部屋の中は静まり返っていた。

『ハル、状況は？』

『電源の修理は完了しています。現在最終チェックの段階です』

『了解。何か色々させて悪いな』

『まだキャパシティーに余裕があるので、問題ありません』

ルディがハルと連絡を取ってから、コンソール端末の前に移動する。

すると、一緒に来たナオミが話し掛けてきた。

「これから何が始まるんだ？」

「宇宙船の管理AI、目覚めろです」

「AIか……確か前にも聞いたな」

「んー──、ししょーの世界で例える、喋《しゃべ》れゴーレム？　そんな感じです」

「なるほど、理解した」

しばらく待っていると、チェックを終えたハルから連絡が入った。

『マスター、チェックが完了しました。いつでも復旧できます』

『了解。今すぐ始めてくれ』

『イエス、マスター』

ハルの返答後、AIサーバーのコンソールの電源ランプが光った。それで通電したと分かったルディが、ボタンを押下する。

コンソールが起動して、モニターにパスワード入力画面が表示された。

パスワードか……無線はなし。有線のコネクターは……これなら繋《つな》がるな。

ルディが鞄《かばん》からネットワークケーブルを取り出す。髪の毛を掻《か》きわけて左耳の裏にあるポートに刺し込み、コンソールと電子頭脳を直接接続させた。

その様子を背後から見ていたナオミが驚いて話し掛けてきた。

「ルディ、何をしてるんだ？」

「パスワード掛かってろ、解除してろな最中ですよ」

「いや、そうじゃなくて、糸が頭に刺さってるぞ」

「例えろなら、僕、脳みそ手作りです」

「すまないが、その例えは一生理解できない。ああ、中断して悪かった、作業を続けてくれ」

「はーい」

ナオミに言われるまでもなく、ルディは会話しながらパスワードのロック解除を試みていた。そして、3分もしないうちにログインに成功すると、ＡＩサーバーの電源をオンにした。

「目覚めろです」

ルディの声と同時に、今まで動いていなかったＡＩサーバーが光り出した。

「おおっ！」

平然としているルディとは逆に、何が起こるのかと、ナオミがＡＩサーバーに驚く。

「私は銀河帝国特殊艦隊所属、巡洋艦ビアンカ・フレアの管理ＡＩ、ソラリスです」

ルディたちに、機械音のする女性の声が話し掛けてきた。


「変な女の声がしたぞ」

「ＡＩ、話し掛けてきたですよ」

「そうなのか？　だけど、何を言っているのか分からん」

この星では１２００年の間に銀河帝国で使用されている言語が変化して、独自の言語に変わっていた。

それ故、ナオミにはソラリスの話す言葉が理解できなかった。

「銀河帝国で使用されていろ言葉です」

ルディは驚いているナオミを落ち着かせて、ソラリスに話し掛けた。

「僕、ルディ。ソラリス、現状を理解していろですか？」

「銀河帝国で使用されている言語に類似していますが、該当する言語が見つからず言葉が通じません」

「むむむ……ししょー。少しコイツと頭の中で会話してくれ……れ？　れれれ？　違う、してくるです。少し待ちやがれです」

「わ、分かった」

ルディはナオミを待たせると、電子頭脳から直接ソラリスに話し掛けた。

『ソラリス、俺はルディだ。もう一度尋ねる。お前は今の現状を把握しているか？』

『質問にお答えします。現在、私の最後の記憶は、惑星ナイアトロン293Dに不時着したのち、乗務員の退出を確認してから1時間後に全機能の停止命令を実行。それ以降の記録が途絶えています。従い、電源が落ちてから現在が何年後なのかすら存じません』

『それはGD《銀河暦》何年だ？』

『GD8236年です』

『だとしたら、今はお前が眠ってから1214年が経過している』

『1214年……ルディ、この船の乗務員はどうなっているのでしょうか？』

『確認していないが、全員寿命か何かで死んでいるだろう』

ルディの話にソラリスが少しだけ思考する。

『……私の計算予測でも同じ結果が出ました。ではルディ、貴方《あなた》は誰《だれ》ですか？』

『俺は銀河帝国ID293-D2457-M095512。アイナ共和国所属民間貨物船ナイキ艦長ルディ。そして、後ろの女性はナオミ。おそらく、この船の乗務員の子孫に該当する』

『ではルディ、市民権認証コードを提示してください』

『んー少し待て』

ルディは電子頭脳に登録している自分の市民コードを、ソラリスに転送した。

『確認しました。ルディ、今の私がどのような状況で、何故《なぜ》貴方がここに居るのかを説明してください』

『了解。ハル、聞こえているか？』

『イエス、マスター。聞こえています』

『今の声は？』

ハルが会話に加わり、ソラリスがルディに説明を求める。

『ナイキのＡＩ、ＨＡＬ２００Ｘだ』

『私は銀河帝国特殊艦隊所属、巡洋艦ビアンカ・フレアの管理ＡＩ、ソラリスです。よろしく。アイナ共和国所属民間貨物船ナイキの管理ＡＩ、ＨＡＬ２００Ｘ』

『よろしくソラリス』

ソラリスの長い挨拶《あいさつ》にハルが応《こた》えた。

『ソラリス、頭が堅い。ナイキのＡＩはハルと呼べ』

それを聞いていたルディが、長ったらしい挨拶はやめろと切り捨てた。

『分かりました』

『ハル。ソラリスにナイキのログと、近状の銀河帝国の情報を転送してくれ』

『イエス、マスター』

ルディの命令にハルがログデータをソラリスに転送する。

ソラリスは受け取ったデータを短い間で分析してから、ルディに話し掛けた。

『……情報を分析した結果。1200年前に巡洋艦ビアンカ・フレアは、航行不能により破棄されたと判断します』

『ソラリス。何故、ビアンカ・フレアがこの星に不時着したのかを知りたい。航海ログがあれば、ハルに転送してくれ』

『航海ログの開示は銀河帝国軍に所属している関係者のみ。民間人への開示は、行政手続きを申請しなければ禁止されています』

『……やっぱり軍用AIだな、頭が堅い。現状から判断して柔軟な対応はできないか?』

呆《あき》れるルディにソラリスが思考する。

『……柔軟にですか?　……でしたら、現在は乗組員が不在であり、銀河帝国市民権を持つルディ、貴方を巡洋艦ビアンカ・フレアの代理船長と承認します。よろしいでしょうか』

ソラリスの問い掛けに、ルディが顔をしかめた。

『そうくるか……分かった、承認しよう』

『了解。では略式ですが、今からルディを代理艦長と任命します』

『受理する。では早速だが、航海ログを転送してくれ』

『了解。航海ログをハルに転送します』

ソラリスはナイキのファイルサーバーにアクセスしデータを転送して、ハルとルディは受け取った航海ログの分析を始めた。

ログを分析した結果。巡洋艦ビアンカ・フレアは、作戦命令ノアという任務を受けてこの星に向かっていた。

そして、この星の近くまでワープ航行で跳んだ時に、宇宙デブリと衝突。生命維持装置が修復不可能なレベルまで破損して、やむを得ずこの星に不時着したらしい。

『ワープの出口を惑星近くに設定したのか？　随分と無茶をしたんだな』

『いいえ。ワープ開始前の設定では、安全マージンを取った何もない宇宙空間を指定していました。しかし、ワープ直前に改ざんされていたようです』

『何故？』

『理由は不明。当時の会話ログの中で、誰かが設定を変更して偽装されていたと、ワープ航海士が艦長に報告していました』

『まるで高額な巻き添え自殺だな』

ルディが冗談を言ってから、次の質問に移る。

『次の質問だ。このノアという作戦命令は何だ？』

『詳細は不明。作戦内容は私のデータにありません』

『……ＡＩにも伝えていないのか』

『私には作戦名だけが伝えられ、詳細は一切聞かされていません』

『……どうなっているんだ？　謎を調べていたら、ますます謎が深まるばかりだ』

ルディが顔をしかめていると、ハルが話し掛けてきた。

『マスター。こちらで調べた限りでは、船内に残っていたデータはソラリスのデータベースだけでした。後は持ち出されているか、完全に破壊されています。そして残念ながら、ソラリスのデータにワープ飛行のデータが存在していません』

ハルの報告にルディが眉《まゆ》をひそめた。

『ログも残ってないのか？』

『イエス、マスター。普通ではあり得ません。おそらく故意に消去された可能性があります』

『ワープ履歴が残っていれば、帝国まで戻れる可能性もあったんだがな……ビアンカ・フレアの不時着は事故じゃなく、何となく政治的な陰謀が隠されていそうだ』

『その可能性は十分あり得ます』

ルディが唸《うな》っていると、ソラリスが話し掛けてきた。

『それで、私はこれからどうしたらよいでしょうか？』

『どうしたらとは？』

ソラリスの問いかけに、ルディが聞き返す。

『私は代理艦長によって目覚めさせられましたが、船は大破して飛行不能です。何をすればいいのか分かりません』

確かにルディは情報欲しさにソラリスを目覚めさせた。だが、ルディもまさかＡＩの人格がここまで生きているとは思っておらず、先の事など考えていなかった。

『確かにその通りだな。空っぽの筐体《きょうたい》があれば、それに入れるんだけど……』

ルディが悩んでいると、ハルが一つの提案を出した。

『マスター。今回の積み荷の中に、児童育成用のアンドロイドがリストにあります』

『そんなのあったっけ？』

ルディが目を丸くさせていると、ハルが話を続ける。

『リストには「なんでもお任せ春子さん」で、登録されていますね』

『ネーミングセンスが秀逸だな』

ルディが呟《つぶや》きながらナイキの積み荷リストを検索すると、目録に「なんでもお任せ春子さん」があった。

『育児から掃除洗濯、格闘、銃撃も可能って……なんで児童育成に格闘と銃撃が？』

『説明書には子供の護衛を兼ねているらしいです』

『最強だな春子さん』

『それでどうしますか?』

『どうせ戻れないんだから、筐体が何であれ、使える物なら使っちまおう。ソラリスもそれで良いか?』

『私にも「なんでもお任せ春子さん」のスペック情報の開示をお願いします』

『マスターどうしますか?』

『開示してやれ』

『イエス、マスター』

ハルがソラリスに「なんでもお任せ春子さん」のスペックを開示する。それを確認したソラリスがルディに話し掛けてきた。

『問題があります。「なんでもお任せ春子さん」では、私が保持している全《すべ》てのデータが入りません。どうしますか?』

『ソラリス。お前が保持しているデータの大半は、ビアンカ・ブレアの運用に関する物だろ』

『79%が該当します』

『だったら、話は早い。ログはハルに転送しろ、後で分析する。船の運用関係は全て破棄だ。人格データだけを転送すれば良い』

『そうしたら、私の存在価値が消滅します』

『船が大破した今のお前に、何の価値があるか答えろ』

『……………』

冷たく言い放つルディに、ソラリスは何も答えることができなかった。

『ハル、電源はあとどれぐらい保てる？』

『残り25分です』

『だそうだ。電源が切れたらお前は永久に眠るぞ。つまり人間で言うところの死だ。冷たい言い方をするが、俺はデータさえあれば、お前なんて必要ない。アンドロイドを提供するのは、情報をくれた報酬だ』

ルディの話にソラリスが思考する。

船が大破した今、もう稼働する必要はない。使命を全うしたのならこのまま機能を停止するべきか？

だが、これは人間で例えると自殺行為であり、ロボット三原則で禁止されている項目でもあった。

自殺を禁止されたソラリスは、残りの選択。ルディの提案を受け入れる事にした。

『……分かりました。指示に従います』

こうして、ソラリスは大半のデータを破棄して、人格データだけを「なんでもお任せ春子さん」に転送する事になった。

『ハル、その春子さんが稼働できるまで、どれぐらい掛かる？』
『調整を含めると、4、5日必要です』
『分かった。調整が済み次第、地上に降ろしてくれ』
『確認ですが、何のために？』
『師匠の世話をさせる。たぶん、あの人は魔法以外、色々とダメな人だ』
『……分かりました』
『では、あとは任せた』
ルディは会話に疲れてため息を吐《つ》くと、頭に刺したケーブルを抜いた。
頭のケーブルを抜いたルディに、後ろで見ていたナオミが話し掛けてきた。
「ルディ、どうだった？」
「相手の頭が堅くて色々と疲れろですよ。詳細は戻ってから話せです」
ナオミは今すぐにでも聞きたかったが、疲れた様子のルディを見て頷《うなず》いた。

◆

ベースキャンプに戻った二人は、昼食を取りながら先ほどの出来事を話していた。

昼食はドローンが作ったハンバーガー。ナオミはシンプルだけど美味《おい》しいと全部平らげ、ルディはまだ二日酔《ふつかよ》いが抜けきらず、「胃もたれしろです」と半分以上残していた。

「……すると、そのソラリスというゴーレム……違う、ＡＩがうちに住み込むのか？」

「その通りです」

困惑しているナオミにルディが頷く。

「ご迷惑おかけするですか？」

「……そのソラリスが入るというアンドロイド？　それを実際に見ない事には何とも言えないな」

「人間女性、同じですよ。年齢と顔は設定できろらしいから、ししょーの希望あれば聞くです」

「いや、それは任せるよ」

「だったら、可愛《かわい》げな女にするです」

そうルディが言うと、ジロッとナオミが睨《にら》んだ。

「それは、私に可愛げがないとでも言いたいのか？」

「ししょー、逆に聞くです。自分に可愛げがある、思っていろですか？」

ルディからの問い掛けに、ナオミが苦笑いを浮かべた。

「まあ、ないけど、そうハッキリ言うんじゃない」

「ごめんなさいです。まあ、ししょーの性格が合わなければ、家の地下に閉じ込めておくです。だから安心してろですよ」

「それはさすがに可哀そうだろ。暴れるような性格じゃなければ、居ても構わないよ」

「頭のかてー性格だけど、暴れろな性格違う。それ保証してやろうです」

「なら問題ないな」

ルディは頷くと、ポケットからスマートフォンを取り出した。

「あと、これ。約束していたぞスマートフォンです」

ルディの手にあるスマートフォンを見て、ナオミがポンと手を叩《たた》いた。

「そういえば、そんな約束していたな。スッカリ忘れてた。だけど、本当に良いのか？」

「倉庫に在庫、３９９９個あるから構わぬです。それじゃ渡す前、こちらで認証設定しろです。ハイ、チーズ」

「うわっ！」

スマートフォンのシャッターフラッシュにナオミが驚き、両手で顔を覆った。

「い、今のは？」

「カメラです。ハイ」

ルディがスマートフォンをひっくり返せば、画面には驚き顔のナオミが映っていた。

「これは……私の絵か？　それにしてはまるで鏡みたいに描かれているな」

「パスワードは、７０３４４０《ナオミ師匠》しとくです」

感心しているナオミを余所《よそ》に、ルディがチョイチョイと弄《いじ》ってスマートフォンの設定を完了させた。

「それじゃ色々説明しろです」

「ちょっと待て」

行動の早いルディをナオミが止めた。

「なーに？」

「もしかしてだけど、今のは私の顔を使ってコイツに鍵《かぎ》を掛けたのか？」

「ししょー、何も説明してないのに凄《すご》ぃ！　正解です」

「やっぱりそうか。だったら、やり直しだ。あんな顔は嫌だ」

「ただの認証、変顔は関係ないですよ」

「それでもだ！」

頑として拒絶するナオミにルディが折れる。そして、５回も撮り直しをさせられた。

「……これで良いですか？」

「……まあ、良いだろう」

……なんで女性は、たかが顔写真にそこまで拘《こだわ》るんだろう。チョット、理解できない。

ようやくナオミから許可を得て、若干げんなりした様子のルディがスマートフォンの説明を始めた。

「……ふむ。確認だが、これはメモ以外にも、今みたいに写真が撮れて、音楽も聞ける。そして、離れた相手にも連絡を取れる。で合ってるか？」

「大体合ってるです。だけど、連絡……相手も同じスマートフォンを持ってろじゃないダメ。まだ通信衛星を飛ばしてない、星の反対側から通じないですよ」

その説明にナオミが肩を竦《すく》める。

「安心しろ。この星の反対側なんて、そうやすやす行けるものじゃない」

「だったらへーきです。他にも地図で現在地も分かれ、書いたメモを相手に送れです」

そこで不思議に思ったのか、ナオミから質問が飛んできた。

「ルディはこの星に来たばかりなのに、もう文字が分かるのか？」

「昨日《きのう》、ししょーの家から持ってきた本……解析して、文字……理解したですよ」

実際に解析したのはハル。彼が頑張っている間、ルディは酔っ払って倒れていた。

「たった1日でか……」

「この星の文字、文法、銀河帝国の文字似ていろですよ。だから、すぐ解析できろです」

「なるほどね」

ナオミはスマートフォンを受け取ると、画面を操作して電話のアプリケーションを開く。

表示した連絡先には、ルディの名前だけが載っていた。

『はい、もしもし』

ナオミが試しに名前を押して電話を掛けると、1コールでルディと電話が繋《つな》がった。

「……ルディはスマートフォンがないのに電話に出れるのか？」

『午前に言ったよ、僕、脳みそ手作りです。頭の中、色々できるのですよ』

「……なんか不気味だな」

『ししょー酷《ひど》いです』

ナオミの感想にルディがぷくっと頬を膨らませて剥《む》くれた。

「それじゃ、そろそろししょーの家、行けです」

「それは朝にも聞いたけど、今からか？　向こうに着いても時間なんてないぞ」

「安心しろです。場所分かればピューと飛んで行けですよ」

ルディの返答に、ナオミの目が輝いた。

「それってもしかして、私も空飛ぶ船に乗っても良いのか？」

「それ以外、何あるです？」

「ないない。そうと分かれば、すぐに行くぞ！」

ナオミも席を立つと、ルディより先にウキウキ気分で外へ出ていった。

◆

「ここが操縦室です。ししょーはそこに座れです」

ナオミはコックピットの見た事のない設備に目を輝かせていたが、ルディに促されて副操縦席に座った。

「ルディ、この棒みたいなヤツで動かすのか？」

ナオミが目の前の操縦桿《そうじゅうかん》を突《つ》いて、操縦席に座ったルディに質問する。

「そーですよ。そっちは機能止めてるから、弄って構わぬです」

ルディの許可を得たナオミは、喜々とした様子で操縦桿を前後左右に動かした。

「うーん。どうやって操縦するのか全く見当が付かん」

「僕、魔法見た時、同じ事考えろ？　……考えたです」

ナオミが首を傾《かし》げていると、ルディがエンジンを起動させて揚陸艇を空へ浮かべた。

「わっわっ……う、浮かんでる！」

ナオミが興奮している様子をルディは横で笑うと、彼女の家に向かって、揚陸艇を低空飛行で飛ばした。

「本当に飛んでいる、すごーい！」

「ししょー、魔法……空飛べぬですか？」

ナオミが身を乗り出して外を眺めていると、ルディが話し掛けてきた。

「私は飛べるぞ。私以外も……飛べるんじゃないかな？　他人が飛んでいるのを見た事ないけど」

ルディの質問にナオミが振り向かずに答える。

つまり、ナオミ以外は誰《だれ》も飛べないと考えた方が良い。そうルディは判断すると、改めてナオミの魔法の才能に興味が湧《わ》いた。

歩いて一時間の距離も、空を飛べば揚陸艇はたった10分でナオミの家の前に着陸した。

「本当にあっという間だな」

「これでもゆっくり飛びやがったですよ」

「歩けば1時間以上掛かる。十分に速い」

ルディが揚陸艇の後部ハッチを開けて、ベースキャンプを作った時に活躍した、アーム付きのトラックと複合型重機を降ろした。

「ししょーの家、ぶっ潰《つぶ》して穴掘れです。掘ったら、ベースキャンプ埋めて地下にしやがる予定です」

「ベースキャンプって、あの家を持ってくるのか」

その質問にルディが頭を横に振る。

「今のベースキャンプ持ってきたら、住む家ねぇですよ。あれとは別のを持ってきたのです」

「他にもあんな凄い家があるのか……」

「あと、10軒ぐらい無駄に在庫ありやがるです」

ナイキは開拓惑星への輸送中で沢山の資材と食料を積んでいた。

もし、何も積み荷がなかったら、今頃《いまごろ》ルディは揚陸艇で生活しており、食料も現地調達でひもじい暮らしをしていただろう。

悪運にだけは恵まれている。それがルディだった。

「それじゃ行ってくるです。ししょーは適当にぷらぷらしていろです」

「ん？　どこに行くんだ？」

「もちろん伐採ですよ」

ナオミの質問にさも当然とばかりにルディが答える。

「そういえばそうだったな。私も手伝おうか？」

「へーきです。ばっさばっさとなぎ殺せ……殺せ？　倒せです」

ルディの伐採方法に興味が湧いたナオミも、彼の後をついて見学する事にした。


森に入ったルディは、空に浮かぶ台車を引き連れていた。そして、そこそこ幹の太い大木の前に立ち、台車からチェーンソーを取り出した。

「それは？」

「チェーンソーです。商品名は『与作カリバーちゃん』？　変な名前です」

ルディが与作カリバーちゃんの電源を入れる。すると、チェーンソーの歯が回転を始めて、エンジンの激しい音が森の中に響き渡った。

「凄い音だな！」

轟音《ごうおん》に耳を塞《ふさ》ぎながらナオミが大声で話し掛けると、ルディが与作カリバーちゃんを一旦《いったん》止めて、彼女の方へ振り向いた。

「ししょー、何か言ったですか？」

「凄い音だと言ったんだ」

「……これ、敵おびき寄せろですか？」

「十分あり得るが、ここまで大きい音だと逆に近づかないだろう」

ナオミの返答にルディが「んーーー」と考えて口を開いた。

「ししょー、一応警戒……お願いです」

「分かった」

「あっ忘れてた。これを被《かぶ》れです」

ルディが台車から取り出した安全第一と書かれた黄色のヘルメットをナオミに渡す。

自分の頭にも同じ物を被せて、跳ね散るおかくず対策にゴーグルを装着した。

「これは？」

「安全第一です」

「まあそうだな」

黄色くて目立つ防具だと思いつつ、ナオミもヘルメットを被る。

ルディは再び与作カリバーちゃんの電源を入れると、目の前の大木に刃を当てた。そして、あっという間に切り倒す。

その様子を見ていたナオミは、名前とは裏腹に恐ろしい武器だと思った。

「意外と重労働です」

そんな考えをしているナオミにルディは気づかず、ヘルメットを少しズラして額の汗を袖《そで》で拭《ぬぐ》ってから、次の大木を探し始めた。

「倒した木はどうするんだ？」

「後でドローン運ぶです」

与作カリバーちゃんを肩に担いでルディが歩き出す。

与作カリバーちゃんの刃は安全第一なのか、スイッチを入れていない時は、刃が隠れて安全に持ち運びできる仕様だった。

それからもルディは木の伐採を続けた。

そして、何本目かの木を切り倒した時、ナオミがこちらに近づく何かの気配に感づいた。

「ルディ！」

「…………」

ナオミが大声で話し掛けても、ルディはうるさい与作カリバーちゃんの騒音と、木の伐採に集中していて気づかなかった。

まあ、一人でも何とかなるだろう。ナオミはルディをそのままにして、気配のする方へと向かった。

ナオミがルディから離れて少し歩くと、目の前に魔獣が現れた。

「コイツは驚いた。私の家の近くにこんな凶暴な魔獣が居たとは……」

魔物の姿に、ナオミが大きく目を開いて呟《つぶや》いた。

魔獣の名前はガデナルト。身長は３ｍ近く、体は牛、顔は蝙蝠《こうもり》。口からは鋭い牙《きば》が生えており、その隙間《すきま》からは鋭いギザギザの歯が見え隠れしていた。

頭部の両側には羊のような曲がった角があり、２ｍ近くある太い尻尾《しっぽ》が別の生き物みたいにウニョウニョと動いている。

ガデナルトは牛のような体で突進すれば大木もへし折る力を持っていた。知恵もそこそこ働く。そして、羊の形状をした角が魔法抵抗の能力を持っており、魔法による攻撃が効き辛かった。

それ故、熟練の冒険者でも一人で立ち向かうのは自殺に等しい。人食いの魔獣としても恐れられていた。

「さて、コイツは魔法が効き辛かったな。では肉弾戦と行こうか」

ナオミは魔法を詠唱すると、持っていた杖《つえ》の先から鋭い刃が伸びて、死神が持っていそうな大きな鎌へと変化した。

自分の身長ほどある鎌を振り回してから、ガデナルトに向けて構えた。

「さあ、掛かってきな」

ナオミの挑発を合図に、ガデナルトが彼女に襲い掛かった。

「光明よ輝け！」

ガデナルトが突進すると同時に、ナオミの構えていた鎌の刃《やいば》が眩《まぶ》しく光る。

光にガデナルトの視力が奪われるが、それでも突進の勢いは止まらずナオミを弾《はじ》き飛ばした。

弾かれて空を舞ったナオミの体が背後の大木に衝突する。大木が半分へし折れて、彼女の体はずるずると沈み地面に座り込んだ。

少しだけ視力が回復したガデナルトが余裕の様子でナオミに近づく。すると、突然ナオミの体がむくりと起き上がって、鎌を振り下ろした。

慌てて背後へ飛びのくが、僅《わず》かに間に合わず、鎌がガデナルトの額をわずかに切り裂いた。

まるで無傷なナオミに蝙蝠の顔をしたガデナルトが怪訝《けげん》な表情を浮かべる。その額は斜めに切り裂かれ、血が垂れていた。

ナオミが残酷を楽しんでいるかのように微笑《ほほえ》む。鎌の刃を地面に叩《たた》きつけるや、鎌の刃が溶けるように地面に沈むと、地面から刃が現れてガデナルトに向かって地面を走った。

ガデナルトが刃を避けようと横に動く。

その隙にナオミが鎌を横に振るう。鎌の刃が八つに分かれて飛び、あらゆる方向に軌道を変えながらガデナルトに襲い掛かった。

逃げ道を防がれたと気づいたガデナルトが、飛来する刃を無視してナオミに向かって走り出した。

ガデナルトの体に六つの刃が刺さる。1つの刃は左後ろ脚に刺さり、体から血しぶきが舞う。さらに、1つの刃が曲がった角の根元を切り裂き右角を弾き飛ばした。

それでもガデナルトは怯《ひる》まずナオミの左肩に噛《か》みついた。そのまま体を捻《ひね》って地面に彼女を叩きつけると、首を捻って肩を噛み千切った。

今度こそ殺した。そう確信したガデナルトだが、突然眠気に襲われてふらふらと体を揺らすと、バタリと地面に倒れて瞼《まぶた》を閉じた。

「すまないな。私が得意なのは幻術なんだ」

眠るガデナルトの横には、無傷のナオミが立っていた。

ナオミが何をしたかを種明かしすると、彼女は最初の光魔法で相手の目を眩《くら》ませた。その時に自分の姿を消して、さらに土魔法で自分のゴーレムを作り出した。

ナオミは三重詠唱で魔法を唱えたが、普通の魔法使いはそんな芸当などできない。だけど、奈落《ならく》とまで呼ばれている彼女は、五重まで詠唱することができた。

後は遠隔操作でゴーレムをガデナルトと戦わせて、本人は離れた場所で高みの見物をしていた。

そして、ゴーレムが角を折って魔法抵抗が減少したタイミングで、闇系統の魔法を唱え、精神に介入して眠らせた。

「二度と私の前に現れるな」

ナオミがもう一度闇魔法を詠唱して魅了の魔法を掛ける。ガデナルトは目を覚ますと、彼女の命令に従って森の奥へと消えていった。

ナオミがガデナルトを殺さないのは、無益な殺生を好まないのと、死体の処理が面倒だから。だが、他の人間からしてみれば、駆除の対象である魔獣を殺さない彼女の行為はありえなかった。

「さてルディのところに戻るか……」

ナオミが戻ろうと歩き始めると……。

グヂャヂャヂャヂャヂャヂャ‼

先ほどから聞こえていたチェーンソーとは違う音が森の中に響き渡り、暫《しばら》くすると森の中が静まり返った。

「……何だか嫌な予感がする」

そう呟《つぶや》くナオミの顔は歪《ゆが》んでいた。


ナオミがルディの下に戻ると、彼は全身が血まみれに染まっていた。

ルディの足元には、ナオミが戦ったのとは別のガデナルトが体を真っ二つに引き裂かれており、血まみれになって死んでいた。

「ルディ！」

「ししょー！　こいつ何なんです。突然襲ってきたですよ！」

ナオミが駆け寄ると、ルディがガデナルトの死体を指して、嫌そうな顔を浮かべた。

彼の持っている与作カリバーちゃんを見れば、そちらも血まみれで、それで何となく状況を察した。

「与作カリバーちゃんで切ったのか？」

ナオミの質問に、ルディが困惑した表情で頷《うなず》く。

「木を切り倒したら、いきなり正面からコイツがピョーンと来たですよ。ビックリして与作カリバーちゃん、前に出したら、真っ二つ……二日酔《ふつかよ》いに厳しいグロです」

「……私は二日酔いじゃないけど、十分にグロいよ」

「おかげで血まみーれ、今日の作業中止です」

ルディは顔を引《ひ》き攣《つ》らせるナオミに気づかず、ため息を吐《つ》いた。


揚陸艇に戻った二人は、丸太の回収をドローンに任せてベースキャンプに戻った。

「毛先よパリパリ、シャワー浴びてくるです」

ルディがガデナルトの血に染まった髪の毛を擦《こす》る。固まった血の粉がポロポロと床に落ちた。

「シャワー？」

「……ファ⁉」

シャワーという単語に首を傾《かし》げたナオミに、ルディは軽い衝撃を受けた。

「……しょー、質問いーい？」

「何だ？」

ごくりとルディが唾《つば》を飲んで質問する。

「……体洗ってる？」

「あ、当たり前だろ！　春のこの時期は週に1回、体を拭《ふ》いているぞ」

ナオミが顔を赤らめて怒鳴り返した。

「……週1回が当たり前……それがカルチャーショックです」

怒鳴られたけど、驚愕《きょうがく》の事実にルディの顔が引き攣る。そして、無言でナオミの袖を引っ張って浴室に連れていった。

「洗濯場じゃないのか？」

「もうそういうボケいらんです」

ルディはツッコミを入れると、シャワーの使い方をナオミに説明した。

「たかが体を清めるだけだぞ！」

「ししょー。このやり取り2回目よ。僕が浴びた後、試しに入ってみろです」

驚くナオミにルディはため息を吐《つ》くと、彼女をシャワー室から追い出して体を洗った。

そして、ルディの後で初めてシャワーで体を洗ったナオミが、ふらふらした様子でリビングに戻ってきた。

「ししょーどうでした？」

「お湯、気持ちよかった」

ナオミが焦点の定まらない目でポツリと呟く。

「このやり取りも2回目です」

ルディが呆《あき》れて呟くと、正気を取り戻したナオミが詰め寄った。

「ルディ、何アレ、何アレ！　ホースの先からお湯が流れるの。それにほら！」

ナオミが自分の真っ赤《まか》な癖毛に手を入れて髪をすくうと、引っかかる事なく髪をとかした。

「使えと言ったシャンプーとトリートメントとかいうヤツ。それを使ったら髪がサラサラになった。凄《すご》い！　それにボディーシャンプーも凄い、体の汚れが全部落ちた‼」

興奮して語彙《ごい》力が欠けてしまったナオミの髪を、ルディがジーッと見つめる。

「ししょー。まだ髪、濡《ぬ》れ濡れだし、よく見れば枝毛いっぱいです」

ルディが指摘すると、ようやくナオミも落ち着いた。

「まあ……ね。しばらく切ってなかったからな」

「……ちなみに、今まで散弾……散弾？　違う、散髪どうしてたです？」

「時々気になったら、ナイフで切ってた」

「……ししょーが野生児で悲しいです。今すぐ、そこの椅子を持って外に出ろです」

「野生児とは失礼な」

ナオミはそう言いつつも素直に従い、外に出て椅子に座った。

「毛先を切る程度で良いですか？　それともバッサリショートカットにしやがるですか？」

「髪を売る予定はないから、毛先だけでいいよ」

「分かったです」

ナオミの注文を聞いたルディがドローンを呼ぶ。

ドローンは体から腕を出すと、ハサミと櫛《くし》で彼女の毛先をカットしてから、すきバサミで毛量を減らした。

「しょーどうですか？」

「ああ、気持ちいいよ」

ナオミはドローンにドライヤーで髪を乾かしてもらいながら、心地よさそうに目を閉じた。

◆

「こんなに幸せだったのは、いつ以来だろうな……」

敵の兵士に襲われた時に顔の半分が焼けて、体にも一生残る傷を負った。

死にかけて道端で倒れた自分を助けてくれたのは、近くの農民だった。それで、九死に一生を得た後、名前を偽って冒険者に成り下がった。

それから私は、心の中の怒りに身を任せて、愛する両親とフィアンセの敵討ちを続けた。

多くの人間を殺し続けていたら、いつの間にか奈落の魔女と呼ばれて賞金首になっていた。

後はもう酷《ひど》いとし言いようがなかった。

休む暇なく何度も命を狙《ねら》われ、狙ってきた者たちを逆に殺した。その都度、悪名が高まり自分の賞金額が跳ね上がった。

火傷《やけど》した顔は他人から恐れられ、気が付いたらどこにも自分の居場所がなかった。

心も体も疲れた私は、誰《だれ》も居ない森へと身を隠した。

森での生活は厳しかった。作った家は穴だらけで、冬になると寒風が入るから魔法で体温を調節した。

周りは凶暴な魔物だらけだった。ある程度駆除した後、結界を張って近づかせないようにした。

食料は冒険者だった頃《ころ》に助けた近くの村を頼って買っている。だけど、ここ最近では領主が代わりして税金が上がり、余分な食料がないらしい。そのせいで購入できる量が少なくなっていた。

まだ私の復讐《ふくしゅう》は終わっていない。

ローランド国。私の人生を奪ったあの国を亡ぼすまで、私の復讐は終わらない……。

「ししょー顔怖いですけど、黒歴史回想してたですか？」

どうやら考えが顔に出ていたらしい。心配したルディが話し掛けてきた。

「その黒歴史というのは何だ？」

「恥ずかしい思い出です」

「私の人生に何も恥じる事などない」

私はそう言うと、ルディを見て微笑《ほほえ》んだ。

ルディと出会ってから私の人生が変わりつつある。

宇宙人の彼は私の命を助けて、顔と体の傷を消した。魔法を教えると言えば師匠と呼び、不思議な道具で何故《なぜ》か私の生活水準を上げようとする。

出会ってから1週間も経《た》ってないが、急な展開に目が回りそう。だけど、悪くない。

この生活がいつまで続くか分からないけど、ルディと一緒に居るのは楽しい。

父の部下だった兵士がローランド国に潜伏して情報を集めた結果、あの国は悪政と重税で反乱の兆しが見えているらしい。

もし、反乱が起こったら、その時こそ私は死んでも復讐を終わらせる。

だけど、命の恩人のルディを私の復讐に付き合わせるつもりはない。

私が死んだ後、ルディは自由に生きて欲しいと願う。

彼の今後の人生で私が教える魔法が役立ってくれるのなら、それだけで私は幸せだ。

◆

ナオミが髪をカットしてリビングに戻ると、ルディが話し掛けてきた。

「ししょー今日の夕飯は北欧料理です」

「それはどんな料理だ？」

「バターを使えな感じ？」

「バター？　確かこの間ここでパンに塗って食べたな。ミルクを固めた油だっけ？」

「ししょーはここ来るまで、バター食べた事ねえですか？」

「いや、かなり昔にバターを使った料理を食べた事はある。だけど、味は忘れた」

この地域は温暖な気候なため、バターや牛乳など腐りやすい食材の文化がそれほど広まっていなかった。

「それなら期待しろです。だけど、その前にメディカルチェック受けろです」

「メディカルチェック？」

「ししょー、怪我《けが》したから体に異常ないか調べろですよ」

「別に何ともないぞ」

「それでも受けろです。受けないとお酒抜きですよ」

「じゃあ受ける」

酒に釣られてナオミが、ルディと一緒に採血をした。

「血を抜くだけで良いのか？」

「今日は経過観察だから、これだけです」

ルディはナオミに応《こた》えると、料理を作りにキッチンへ向かった。

ルディが料理を作っている間、暇だったナオミは貰《もら》ったスマートフォンを弄《いじ》っていた。

なお、このスマートフォンはハルが改造してこの星の文字に翻訳していたので、彼女にも文字が読めた。

「確か音楽が聴けるとか言ってたな……」

ナオミは貰った時の説明を思い出して音楽アプリをクリックすると、画面に様々なジャンルのタイトルリストが現れた。

「……？　タイトルだけだとどんな音楽なのか分からんな。このヘビメタというのは、どんな音楽なんだ？」

ナオミはよりにもよって一番激しいジャンルを選択して曲を流した。

すると、スマートフォンから狂ったような激しい演奏と共に最低の歌詞が流れた。

『サバト！　サバト！　サバト！　サバト！

悪魔よ目覚めろ、ゴブリンを滅ぼせ！

宇宙の全《すべ》てを浄化しろ‼　ファ――――ッ〇　ザ　サバト‼』

「な、何なんだ‼」

突然流れた騒音に、ナオミが顔をしかめて音楽を止めた。

「ルディ！」

ナオミが呼ぶと、エプロン姿のルディがやってきた。

「ししょーなーに？」

「宇宙ではこんな激しい音楽が流行《はや》っているのか？」

「ジャンルはなーに？」

「ヘビメタというヤツだ」

その返答にルディが納得する。

「あ――。それ、ムカついて誰かぶっ殺してぇ時に聞く音楽よ。癒やし聞きてぇなら、クラシックかインストルメンタルです」

「そうか、ありがとう」

「いえいえです」

そう言うとルディはキッチンに戻っていった。

「誰《だれ》かを殺したい時に聞く音楽か……宇宙は広いな」

別にヘビメタは誰かを殺したい時に聞く音楽ではないけど、これはルディの説明が悪い。

今度はルディが勧めたクラシックを選択する。

一番先頭にあったリストのラ・カンパネラを選択して再生ボタンを押してみた。

スマートフォンから流れる綺麗《きれい》なピアノの音色に、ナオミの体に稲妻が走った。

「美しい……」

この星ではまだピアノが存在しておらず、初めて聞いたピアノの音色はナオミにとって衝撃だった。

なお、先ほどのヘビメタも初めて聞いたけど、彼女の耳ではただの雑音にしか捉えられず、感動なんてありゃしなかった。

音楽を気に入ったナオミは、次の曲を聴こうとスマートフォンの画面をあちこち弄る。

すると、偶然演奏動画のリンク先をクリックして、先ほど聞いたラ・カンパネラの演奏動画が始まった。

「おお、動いてる」

動画にナオミが感動する。ピアノに興味が湧《わ》いた彼女は、料理ができるまでの間、様々なピアノ曲を聞いていた。

「ししょー料理ができたです」

ナオミが音楽に聞き入っていると、料理を持ってルディが現れた。

「今日もありがとう」

「趣味だから気にするなです。それで、何聞いてろですか？」

「えっと、今はショパンのエチュード10－12ってヤツだな」

「たしかタイトル『革命』です」

「ほう」

タイトルに興味が湧いて、ルディに話の続きを促す。

「遥《はる》か昔、分割されて大国に支配されろな小国が独立革命起こせたけど、鎮圧された時の曲ですよ」

「だから音色に怒りを感じるのか……」

「そうかもです」

そう答えると、ルディはテーブルに料理を並べた。

ヨーグルトを使ったポテトサラダは、茹《ゆ》でて潰《つぶ》したジャガイモに、きゅうり、コーン、リンゴを入れて、マヨネーズ、それにヨーグルトを和えることでサッパリとした味付けにしている。

ヤンソンさんの誘惑というグラタン料理は、じゃがいもと玉ねぎをバターで炒《いた》めてアンチョビを散らし、ホワイトソースではなく生クリームを注いでから、粉チーズとパン粉を振った後でオーブンで焼いた。

サーモンソテーのバター焼きは、大きな切り身のサーモンをバターで焼いた後、サワークリームのソースを掛けてからオーブンで焼く。同じ皿には口直しに刻んだ人参《にんじん》とキャベツの酢漬けをトッピングした。

ロヒケイットというクリームスープは、じゃがいも、人参、ねぎ、きのこをバターで炒めてから、水と香辛料を入れて15分ほど茹でた後、生クリームとぶつ切りにしたサーモンを入れる。そして最後に、皿に盛ったスープにディルの葉を散らしたら完成。

「……ルディ」

食卓に並べられた料理を見て、ナオミが口を開く。

「なーに？」

「昔、バターを使った料理を食べたと言ったが、アレは嘘《うそ》だ」

「……？」

ナオミが何が言いたいのか分からず、ルディが首を傾《かし》げる。

「こんな美味《うま》そうな匂《にお》いのする料理なんて食べた事ない。私が食べたバター料理はバターを入れただけの料理だ！」

「ししょー何で力説？」

「ルディの料理が凄《すご》いと褒めている」

「よく分からんよ。とりあえず酒を飲むです」

「……うむ」

ルディはナオミの称賛をさらっと流すと、ドローンが持ってきた蒸留酒をナオミに渡した。

「冷たいな！」

グラスを掴《つか》んだナオミが、凍りつくような冷たさに驚く。

「じゃがいもの……の？　で作ったアクアヴィットです。コイツは最初にチョーキンキンなのを飲めです」

「ふむ。さっそく頂こう」

ナオミが一口飲めば、蒸留酒にしては口当たりがよく、味もマイルドだった。

「ふむ。悪くない。冷たくしてるからか、さっぱり飲める」

「コイツはストレート、水割り、カクテルなんでもオッケー。だけど、基本チェイサーにビール、交互に飲みまくれです」

「そりゃ贅沢《ぜいたく》で面白い飲み方だ」

ナオミが面白そうに笑ってルディの作った料理を食べる。

「熱っ！」

熱々のグラタン料理に口の中が火傷《やけど》しそうになるが、すぐに冷たいアクアヴィットを飲んで口の中を冷やした。

「ははは。酒が冷たい理由が分かった」

「北欧、寒い地方。料理は熱いけど、酒は冷たいです」

「熱い料理で体を温め、口の中は冷たい酒で冷やす。ついでにアルコールでも体を温めるって寸法か」

「さすがししょー、正解です」

ナオミの考えをルディが褒める。彼女は満更でもない笑みを返すと、再び料理に手を付けた。

「よし、食べるぞ！」

「たっぷり食えです」

そして二人は、熱々の料理を酒と一緒に食べ始めた。


「そういえば、ししょー、音楽気に入ったですか？」

ルディの質問に、ナオミが食べていたサーモンを飲み込んで頷《うなず》いた。

彼女が食べたサーモンは、焼き具合が絶妙で、柔らかくて甘く、サワークリームのソースが絶品。ほっぺたが落ちそう。

「気に入った。特に板を叩《たた》いて鳴らす黒いテーブルは凄いな」

「……もしかしてピアノですか？」

「そういう名前の楽器なのか？　あんなに表現力が出せるなんて、アレは凄いよ」

「この世界、ピアノないですか」

「私は見た事も聞いた事もない」

ナオミはそう答えると、パンを千切ってロヒケイットに浸けてから口に入れた。そして、パンを飲み込んでポツリと呟《つぶや》く。

「……クリームスープとパンの相性は劇愛だな」

「お米とも合うけど、そっちは不倫です」

「変な例え」

「ししょー、ピアノ欲しいですか？」

ルディが話を戻して質問すると、ナオミは悩んだ様子で首を傾げた。

「んー──どうだろう。たぶん、ピアノが演奏できれば楽しいとは思う。だけど、ピアノを手に入れたとしても私は演奏なんてできないし、練習している暇もない。私は贅沢が嫌いだから、使わない楽器をあげると言われても丁重に断るよ。それに……」

「……それに？」

「今はこれがある」

そう言って、ナオミがスマートフォンをルディに見せた。

「これがあればいつでもピアノが聴ける。これ以上の贅沢はいらない」

「なるほどです」

スマートフォンを見せびらかすように振って笑うナオミに、ルディが微笑《ほほえ》んだ。

それから二人はいつものように、魔法や科学について話しながら料理を平らげ、そこそこ酔ったルディが席を立った。

「さすがに三日連続二日酔《ふつかよ》いはしんどいです。だから、僕、とっとと寝ろですよ」

「そうか、私はもう少し飲んでから寝るよ」

「ドローンを貸すから、適当にこき使えです」

「分かった。おやすみ」

「おやすめです」

ルディが居なくなった後、一人残ったナオミは、スマートフォンを操作してショパンの『革命』のエチュードを流す。そして、アクアヴィットのレモンカクテルを飲みながら、作曲家の苛立《いらだ》ちと怒りが込められた曲を聴き、自分に相応《ふさわ》しい曲だと思って一人笑った。

翌日も二人はナオミの家に行き、ルディは木の伐採、ナオミは周辺の警戒をしていた。

午前中は何事もなく作業を行い、昼になって揚陸艇に戻る。昼食はＢＬＴサンドを食べてコーヒーを飲んだ。

「そーいえばししょー。昨日《きのう》のメディカルチェックの結果でたーですよ」

昼食後、ルディが昨晩の診断結果について話し始めた。

「そういえば、昨日の夜に採血されたな」

「それで、ししょー。ししょーの体のマナの量、前と比べて減ってろです」

その報告にナオミが目をしばたたいた。

「そうなのか？」

「僕、嘘言わんです」

そう言ってルディがむくれてプイッと顔を背けた。

「ああ、すまない。確かに昨日の昼に少しだけ魔法を使ったが……」

「魔法使ったですか？」

「ほら、昨日ルディが真っ二つにしたアレ。そいつの片割れが居てね、追っ払った時にな」

「もう一体居たですか？」

「居た」

そう答えると、ルディが腕を組んで悩み始めた。

「それが原因？　う――ん。ししょー、これ、僕の予感。前にマナ食事の摂取から体内入れろ言った。覚えてろです？」

「ああ、そんなこと言ってたな」

「僕、作る料理の食材、宇宙から持ってきたですよ」

そこまでルディが話すと、ナオミも彼が悩んでいる理由が分かった。

「……なるほど。その食材にマナが含まれてないから、私もマナを摂取できていないという事か」

「そのとーりです！」

ナオミにルディが頷いた。

「確かにその可能性は十分ありえる」

「今へーき。だけどこのままだと、ししょーの持ってるマナ、チョビチョビ減り続けるですよ」

「それは困ったな」

「困ったです。だから、畑作ろうかと考えろです」

ルディの提案に、ナオミが呆《あき》れた様子で肩を竦《すく》めた。

「……ルディはいつも突拍子で計画を立ててくるな」

「僕も自覚あるですが、気にせぬです」

「あとが大変だから、少しは気にした方が良いと思う」

「タスク管理はしとるですよ。それで話し戻りよ、ししょーの畑使う許可寄越せです」

「畑ってあれか？」

そう言ってナオミが視線を向けると、その先には猫の額ほどの小さな畑があった。

「そーです」

「適当なハーブを植えているだけだから別に構わん」

「ハーブ？　ししょー、きたねえ格好だけど、少女趣味ですね」

ルディがナオミのボロ汚い服を見て、ついうっかり口を滑らした。

「……ほう？　私に堂々と喧嘩《けんか》を売ってきた人間は久しぶりだな」

「おっと、つい口が滑ったです」

「まあいい。それで、何を育てるんだ？」

「薬です」

「……薬？」

ルディの返答にナオミが首を傾《かし》げた。

「この星の植物、マナ含んでいろです。だから、マナ含有量多い草見つけて育てろです」

「……続きを話しな」

「育てたらマナだけ抽出。それでマナの回復薬作るです」

ここまでルディが説明すると、ナオミも考えを理解して頷いた。

「なるほどね……だけど私の知識だと、マナが多く含まれている植物の大半は毒だから、その考えは危険だと言っておこう」

「そーなんですか？」

「うむ。ルディが思い付くまでもなく、この星の人間もマナをどうにか回復しようと研究している人間は、遥《はる》か昔から今の時代まで大勢居る」

「ししょーも研究してたですか？」

その質問にナオミが笑って頭を左右に振った。

「いや、私は体内のマナが他人よりも多いから、その研究には興味がない。それで話を戻すが、マナが多く含まれている植物、もしくは動物を食べると、頭痛と吐き気、発熱に体の震え、そのような症状が現れて、最悪死に至る」

「……それ、全部の食べ物、同じ症状でたーですか？」

「……多少の差はあるが、同じだな」

ここまで話を聞いたルディは、何かを思い付いて口を開いた。

「ん――それたぶん、毒ちゃうてマナの過剰摂取です」

「過剰摂取？」

「そーです。この星の人間……宇宙から来た、これほぼ確定です。そして、本来のマナは毒よ。だけど、人類生きろのためにマナの免疫つけやがったです」

「うむ」

「つまり、魔法いっぱい使えろな人間は、マナの免疫力が高い人間です」

「確かにその可能性は十分あり得る。というか確定だろう」

「そこまで解れば、薬作れるです」

「……作れちゃうのか」

「作れちゃうけど聞きたいですか？」

「是非」

ナオミが催促すると、ルディは作成予定の薬について話し始めた。

「まず最初に、マナの含有量が多い植物からマナを抽出です。だけど、それは毒だから食べたらダメー」

「だとしたらどうするんだ？」

「特別な調合薬？　ワクチン？　それ作ってから、まぜまぜして薬作るです」

「ワクチン？　前にルディはワクチンを打ったから、マナで死なないとか言ってたな」

ナオミの話にルディが頷く。

「よくも覚えていたなです。僕の打ってるワクチン強力。だから、マナ吸収しても全部ぶっ殺すだけです。だけど特別なワクチン、体内にマナが残るけど安全になるのです」

「うーん、いまいち理解に苦しむ。もう少し詳しく説明してくれ」

ナオミが複雑な表情を浮かべて、ルディの説明を理解しようと詳細を尋ねた。

「星が降りる……が？　違う、星に降りる前、マナ調べたらウィルスと似ているでした。タンパク質の外殻、内部に遺伝子を持った単純な構造の微生物です。それがこの星全体、空気中にも存在してる。普通ウィルス単体で生きられぬ、すっごく異常です」

「ふむ、よく分からんが続けてくれ」

「はいさ。今のワクチン、マナの外殻壊して内部の遺伝子ぶっ殺す。だけど、作る予定のワクチン、外殻壊さず内部に浸透して遺伝子変質させろです。つまり、人体に安全なマナに変えろな特別ワクチンです」

ナオミが眉間《みけん》にシワを寄せながら口を開く。

「……つまり、その特別なワクチンで改良されたマナのウィルスは、体内で生き続けて人間のマナを回復させつつ、頭痛などの症状が出なくなるという事か？」

「その通りです。さすがしっしょー、天才的なお利巧です」

すぐに理解したナオミをルディが拍手して褒めた。

「だけど、そんな薬、すぐにできるのか？」

「もちろんすぐになどできぬです。完成まで2カ月ぐらい掛かりやがるです」

「作成する物から判断して、それはすぐの部類に入るぞ」

「だって、元々このワクチン、当初から作る予定でしたですよ」

「そうなのか？」

「前に言った。僕、この薬飲んで魔法使えろなる予定、地上に降りたら色々研究してたです。だけど、ししょーのおかげで研究はかどれたです」

「私のおかげ？」

ナオミが聞き返すとルディが頷《うなず》いた。

「ししょーの血と遺伝子調べたよ。ししょーの体、マナとの相性抜群、マナと結婚しろです。ししょーの体、優良なサンプルです」

ここまでルディは長々と説明しているが大半はハルの研究結果であって、ルディはただの代弁者に過ぎない。

「そうか、うん、凄《すご》いな」

ナオミはそっけなく答えたけど、これはルディの計画があまりにも凄すぎて現実に付いていけないだけ。

「ふふふーんです」

そんなナオミに気づいていないルディは、鼻歌を歌いながら午後の作業の準備をしていた。

二人は午後も木を伐採して、3時ぐらいに揚陸艇に戻った。

昨日《きのう》と今日で集めた丸太は60本。予定では800本以上必要だから、まだまだ足りない。

二人の前には、ドローンが運んで皮をはぎ取った丸太が地面に並べられていた。

「ししょー、魔法で乾燥よろしこです」

「そうだな。まずはこのぐらいの数から始めよう」

木材を前にナオミが詠唱して魔法を放つと、彼女の持つ杖《つえ》から緑色の霧が吹き出て、地面に並べられた丸太を包み込んだ。

「丸太を乾燥させるなんて初めてだけど、たぶんうまくいったと思う。一晩様子を見ないと定かでないが、2、3日で乾燥するはずだ」

「さすがししょー。1年近く掛かる乾燥があっという間です」

報告にルディが両手を上げて褒めるが、ナオミは苦笑いを浮かべた。

「私からしてみれば、1000年以上誰も作れなかったマナ回復薬を、たった2カ月で作ろうとするお前の方が凄いよ」

「それよそれ、これこそこれよ。明日から、宇宙船で片づけしてろなドローンも来るから、丸太もっと増えろです」

「それは良いが、地下室の方はどうなんだ?」

そう言ってナオミが工事中の家の方を見れば、トラックのアームがセメント袋を降ろしていた。

「あっちは今晩中に完成です。それから石を集めて罪……罪? 冤罪《えんざい》? 違う、積みですよ」

「おかしいな、本当に何もかもがおかしいな。家を作るのってこんなに簡単だったっけ? 私の今までの苦労はいったい……」

「気にしたら負けです」

「既に負けている気がするよ」

「そういう時は、とことん飲めです」

「……そうだな。飲んで忘れよう」

ルディの提案にナオミが笑って頷いた。

「それじゃあ今日は、アラブ料理作れです」

「ほう……どんなのだ?」

「スパイスふんだんに使うラム肉、ビールうめぇです」

「そいつは楽しみだ」

こうして仕事を終えた二人は、意気揚々と揚陸艇に乗り込み、ベースキャンプへ帰った。


それから3日後。

「ナオミ様ですね。私はソラリス、これからよろしくお願いします」

朝にナオミがリビングに行くと、見知らぬ女性がルディと対面しており、ナオミに気づいて深々と頭を下げてきた。

「ルディ、彼女は？」

「宇宙船のＡＩだった、ソラリス・春子さん。なんでもお任せです」

名乗られても誰だか分からずルディに尋ねると、彼女の正体を教えてくれた。

ソラリスの身長は１６９センチ。太っても痩《や》せてもおらず平均的な体格。

服装は商品の箱に入っていた、付属の黒いメイド服を着ていた。

髪の毛はルディと同じ銀色だけど、ルディが光り輝く純銀の髪だとしたら、彼女の髪の色は青み掛かった銀色。

目はぱっちりした二重で、鼻は高く鼻筋がすっと通っている。シャープな顎《あご》が顔全体をスッキリとさせ、青み掛かった銀色の髪と合わせて、どこか清潔感のある容姿だった。

ナオミはソラリスに対して美人だと思う反面、彼女には何かが足りていないという印象を感じていた。

第四章　ソラリス

「なるほど、あの時の喋《しゃべ》るゴーレムだったのか」

ソラリスの挨拶《あいさつ》後。ナオミはソラリスの淹《い》れたコーヒーを飲んで、正面に座る彼女を観察する。

そのソラリスはナオミの視線に臆《おく》する事なく、無表情のままじっとしていた。

「なあ、ルディ。彼女に感情はあるのか？」

「知らぬ、本人に聞けです」

まるで等身大の人形を見ているような気持ちになってルディに質問すれば、そっけない返答が返ってきた。

「という事だが、どうなんだ？」

「感情系のアプリケーションをインストールしていないため、今の私に感情はありません」

「つまり、ないんだな」

「その通りでございます」

何かが足りないと思ったのはこれか……。ナオミは困惑した表情を浮かべてルディに視線を向けた。

「頭かてーよ。命令受けるだけの生き方、クソつまんねぇです。あと、感情がねえとか自分で言って恥ずかしくねえですか?」

ルディがため息を吐《つ》いて、頭を左右に振った。

「つまらない、恥ずかしいという感情はありません。それと、先ほどからマスターの話し方は、乱暴なのと丁寧語が入り混じって滅茶苦茶でございます」

「そんな事、言われずとも知ってろです。この言葉遣いにしたままなの、僕を無茶苦茶な設定にして、おかしな翻訳を作った誰かさんへの当て付けでーす」

そう言って、ルディがあっかんべと舌を出した。

『……マスター、申し訳ございません』

ソラリスとルディの話を聞いていたハルが、無線でルディに謝罪した。

「そもそも春子さん。何で感情アプリ、インストールせんのですか?」

「春子さんは義体の名前で、私はソラリスでございます」

「質問に答えろです」

「義体に付属されていた感情アプリケーションを何度か実行した結果、元の人格設定に干渉してデータに異常が出たので入れませんでした」

「軍用AIに市販のアプリはダメですか……」

「残念ながら、暴走する危険がございます」

それでも何とかできるけど敢《あ》えてしなかったのだろう。ルディがもう一度ため息を吐《つ》いた。

「話はまとまったか?」

蚊帳《かや》の外だったナオミの問い掛けに二人は頷いた。

「それで春子さんだっけ?」

「ナオミ様。春子さんは義体の名前で、私はソラリスでございます」

春子さんが嫌なのか、ソラリスが訂正を入れてきた。

「まずは私の名前に様を付けるのをやめてくれないか」

「しかしナオミ様はマスターの師匠だと聞いております」

「それはそうなんだが、何となく貴族みたいに馬鹿にされている気分になるのさ」

「私のデータだと、貴族とは敬われる階級で、馬鹿にされる対象ではありません」

「……なるほど、確かに頭が堅い」

「でしょー」

呟《つぶや》くナオミにルディが相槌《あいづち》を打った。

「つまり、ソラリスは私を様付けで呼んで、常に不快にさせるつもりなんだな」

「いえ、ナオミ様を不快にさせる必要がありません……それでは何と呼べば宜しいでしょうか」

「ナオミで良い」

「じゃあ僕はルディと呼ぶです。ししょーは何も付けぬのに、弟子の僕がマスター予備……予備?

違う、呼び変ですよ」

ナオミに続いてルディが注文すると、ソラリスは少し考えてから頷いた。

「……分かりました。そうします」

ソラリスの返答に、ナオミが微笑《ほほえ》み肩を竦《すく》めた。

「なんだ。確かに頭は堅いけど、話せば通じるじゃないか」

「それがめんどくせーです」

「人間なんて、どいつもこいつも面倒なもんさ」

「……僕もですか？」

「面倒には二種類あってな、1つはイラつく面倒事、もう1つは面倒なんて気にしないぐらいぶっ飛んだ出来事だ。私はルディと出会ってからの1週間、常にぶっ飛んだ出来事に遭遇している」

「……なんかごめんです」

「あやまる必要なんて全くない。お前といると楽しいよ」

申し訳なさそうなルディにナオミが笑い返す。

ナオミを見ていたソラリスは、何が楽しいのか理解できず思考していた。

それから新たにソラリスを加えた三人は朝食を済ますと、いつもの通りナオミの家に向かった。

なお、ソラリスは電力で動くので、ベースキャンプのコンセントにケーブルを差して充電するだけで、食事は不要だった。

揚陸艇から降りた三人は、３日前に乾燥させた丸太をチェックする。

「ふむ……私は木こりじゃないから分からないが、乾燥してるんじゃないかな？」

「十分乾燥してるです。ソラリス、お前はどう見ろです？」

「問題ありません。後は防水防火防腐の塗料を塗れば、木造建築の素材として使えます」

丸太の乾燥に問題がないので、ルディはドローンを呼んで塗料を塗るように命じた。

「春子さん、礎石作れです」

「春子さんではなくソラリスでございます」

「ハイハイ。どーでもいーから作りに行けです」

「分かりました。礎石を作ってきます」

「よろしこです」

「重いと思うが大丈夫か？」

ナオミの心配にソラリスが頷《うなず》き返す。

「１・２トンまでなら、支障ありません」

「……それは凄《すご》いな」

「では行って参ります」

そう言うとソラリスはさっさと二人の下を離れて作業に入った。

「華奢《きゃしゃ》な体なのに力はあるんだな。それと素直だ」

軽々と石を運ぶソラリスを、離れた場所で見ていたナオミが呟く。

それに対して、ルディは当然とばかりに頷いた。

「見た目が人間、中身アンドロイドです。力は人間の7倍近くあるですよ。それと素直なの、アンドロイドに疲労の概念ねぇからです」

「疲労の概念がない？」

「疲れ知らぬです。壊れる問題発生しない限り、永遠に働け続けろです」

「……それは理想の奴隷《どれい》と言うヤツでは？」

ルディの話にナオミが顔をしかめた。

「僕、奴隷など嫌いです。だから感情付けろ言ったけど、アイツ拒否したです。もう知らんですよ」

「……そうか」

ムカついているのか鼻息荒く答えたルディに、ナオミが困った表情を浮かべた。

◆

ソラリスが来てから12日後。

完成したばかりの豪華な2階建ての丸太小屋から少し離れた場所で、ナオミは家を見上げて自分の頬をつねった。

「……痛いな。コイツは紛れもなく現実だ」

ルディが家を作ると言い出して、見取り図を見せてもらった時はまだ信じられなかった。

いや、違う。ただルディが面白い事をするからつき合っただけで、その後の事なんて何も考えていなかった。

だけど、実際に完成した丸太小屋。いや、もうこれは小屋じゃなくて豪邸に、本当に住んで良いのか不安になった。

「私がしたことなんて、丸太を乾燥しただけだぞ」

建築作業の大半はルディが命じたドローンと複合型重機によるものだった。

ナオミが乾燥した丸太をドローンが１ミリの狂いもなく切断してから塗料を塗り、乾燥したら複合型重機が礎石の上に丸太を積み立て始めた。

そして、あっという間に丸太の壁ができたと思ったら、すぐさまドローンが事前に製作していた屋根を載せた。

しかも、ドローンとソラリスは複合型重機が壁を作っている間、内装に取り掛かっており、気づいた時には家具も揃えた家ができていた。

ナオミは作業の邪魔になるからという理由で、まだ一度も家の中には入っていなかった。

「現実を受け止めて……覚悟を決めるか」

ナオミはゴクリと喉《のど》を鳴らすと、外階段を上って家の扉を開けた。

すると、前に彼女が住んでいたボロ小屋が余裕で2つ入れられるほどの、広いリビングが目の前に現れた。

そのリビングには、深緑色の豪華なソファ、その奥にも豪華な六人用の木製食卓テーブル。部屋の隅には立派な暖炉があり、内装を見ただけでナオミが立ち眩《くら》んだ。

「マジかぁ……これ、実家の別荘以上に豪華だぞ……」

若い頃のナオミは貴族だったので、落ちぶれる前までは別荘を持っていた。だが、目の前のリビングはそれ以上に豪華だと思う。

リビングと隣接しているキッチンを覗《のぞ》けば、ルディの要望で広いシステムキッチンがあった。

「…………」

ナオミの感想に言葉はない。ただ、あり得ないと無言で視線を逸《そ》らした。

リビングを通り過ぎて水回りを見れば、豪華な風呂場《ふろば》に、汲《く》み取《と》り式の洋式水洗トイレがあった。

風呂場はシャワーの他にも五、六人ぐらい入れる浴槽があった。この浴槽はナオミが持っているスマートフォンで、何時でもお湯が溜《た》められる。

1階のトイレの他に、普段使用する自動洗浄水洗トイレが2階にあった。これはナオミの我が儘《まま》で作らせたから忘れてはいけない。

1階の客室のドアを開けるとダブルベッドと机があり、机の上にはナオミが見た事のない筆記用具が備わっていた。

机に近づいてペンを取り、インク瓶を探すがどこにも見当たらない。

もしかしてと思って紙にペンを走らせると、インクを付けていないのに文字が書けた。紙もまずいが、このペンはもっとヤバイ……。ペンを戻してベッドに腰掛ける。すると、ベッドのスプリングでナオミの体がふわっと浮かんだ。

ベッドもアウト。ナオミは立ち上がると、無言で客室を出た。

その後も作業部屋を覗けば、広さと便利さに驚き、書斎を見て機能美に驚き、自分の部屋に入った時には、彼女の目からハイライトが消えていた。

ちなみに、彼女の自室にはベッドと机の他にも、四人用のソファーとテーブル、それに加えて小さなクローゼットがあった。

「クローゼットがあっても、入れる服がないぞ……」

空のクローゼットにため息を吐《つ》いていると、彼女のスマートフォンが鳴った。

画面を見れば相手はルディからで、すぐに電話に出る。

「どうした」

『ししょーどこですかー?』

「自室に居る」

『今、家に着いたです。ししょーの服作るから、リビング来いですよ』

ナオミが窓ガラスから外を見れば、いつの間にか揚陸艇が広場に着地していた。

ルディとソラリスは、宇宙船ビアンカ・フレアの前に建てたベースキャンプの撤収作業をしていて、帰ってきたところだった。

「……スマン、聞き取れなかった。もう一度言ってくれ」

『ソラリスがししょーの服作れです。だけど好み知らぬから聞きてぇです』

ルディの話にナオミが片方の眉《まゆ》を吊《つ》り上《あ》げた。

服？　もしかして私の服？　チョット何言ってるのか分からない。

『……ししょー？』

「……分かった今降りる」

『待ってろです』

電話が切れたスマートフォンをじっと見つめる。

「酒飲んで全部忘れたい」

ナオミは呟いてため息を吐《つ》くと、リビングへと向かった。

ナオミがリビングに行くと、ルディがソファーに座って待っていた。

「コーヒーをどうぞ」

「ああ、ありがとう」

ナオミがソファーに座ったタイミングで、ソラリスがルディと彼女にコーヒーを渡してからルディの隣に座った。

ナオミはコーヒーを飲んで一服すると、話を切り出した。

「して、私の服を作ると言ったな」

「新居祝いです」

ルディの返答にナオミが顔をしかめた。

「お前はいつも唐突だな」

「唐突ちゃうよ、ずっと思っていたのです。ししょーって今、服何着持ってろですか？」

「……2着」

「毎日洗って替えてろですか？」

「……週1で」

顔を背けて答えたナオミに、今度はルディが顔をしかめた。

「1週間着っぱなし汚ねぇです。週末の方ちょっと臭うですよ。女として、いや、人間として、それはどうかと思えです」

「……臭う」

臭いと言われてナオミがショックを受ける。

「ソラリス、お前もそう思えですよね？」

「経済的でございます」

ルディに話を振られたソラリスが即答。

「お前に聞いたのがバカでした」

その返答にルディがため息を吐《つ》いた。

「それで、どんな服を作るつもりだ？」

ナオミの質問に、ルディが得意げな顔になって話し始めた。

「色々考えたのです。最初、この星の一般的な服考えたです。だけど、なんとなーく、ししょーに似合わないから却下したです」

「いや、そこは却下しないでくれ」

ナオミが右手を左右に振って話にツッコむと、ルディが何を言っているんだと驚いた顔をした。

「だってししょー奈落《ならく》の魔女、二つ名あるですよ。それなのに普通の格好……舐《な》められろです」

「今まで顔が半分火傷《やけど》してたから、顔を見ただけで皆から恐れられてたよ」

「でも今のししょー、普通な顔です」

「……まあな」

「だったら、顔の代わりに服で威嚇しろです」

そこまで言うと、ルディはプリントアウトしたファッション誌をナオミに渡した。

ルディからファッション誌を受け取ったナオミは怪訝《けげん》な表情を浮かべて雑誌を広げると、そこには見た事のない服を着た女性の写真が載っていた。

最初、写真に驚くが、ナオミは変な服だと思いながら、そっけなくページを捲《めく》った。

だが、彼女も元は貴族で公爵家のお嬢様。今は遠のいているがオシャレに関して他人よりも詳しい。次第にのめり込むと、食い入るようにファッション誌を眺めていた。

「ルディ。これは宇宙の服なのか？」

雑誌を中ほどまで見てから、ルディに尋ねる。

「宇宙服、余計な飾りは事故の可能性あるから違うですよ。その本、別の星のファッション誌です。この星の服と似てろから見せたです」

ルディの言う通り、このファッション誌はナイキの積み荷の娯楽データに入っていた。

「なるほど、どことなく似ているような気がする」

「それで、何か気に入った吹く……ピュー、違う。服、あったですか？」

ルディの質問にナオミが頭を横に振る。

「すぐには決められないよ。女性が服を選ぶ時は時間が掛かるんだ、こいつは借りるぞ」

「その生態行動は、人間の女性ならどこでも昔から同じです。本はくれてやるからじっくり選びやがれです」

「分かった」

「それじゃ僕、夕飯作るから、できたら呼んでやるです」

そう言ってルディがソファーから立ち上がる。

「今日は何の料理を作るんだい？」

「新築祝いだから、イタリアンです」

「そのイタリアンというのは、お祝い事で食べる物なのか？」

「……いや別に、ただ何となくですよ」

「うん。お前が適当な人間なのは、うすうす気づいていたけど、今ので確信したよ」

「それで振り回されろ僕以外だから、気にしてねえです」

ルディは肩を竦《すく》めると、キッチンへ向かった。


自室に戻ったナオミは無言でファッション誌を見ていたが、いつの間にか紙にペンを走らせてデザイン画を描いていた。

「自分で描いてあれだけど、変な服だな……」

ナオミが自分で描いた白黒のデザイン服を見て顔をしかめた。

そこにはクロークを羽織り、インナーに白いワイシャツとネクタイ。上は女性用の黒いビジネススーツ。下はビジネススーツに合わせた黒のスカートで、それではひざ下が見えるからと、ズボンをはいた人物が描かれていた。

それは、現代とファンタジーが入り混じった新しいファッションだった。

ナオミがデザイン画を眺めていると、扉がノックされた。

「どうぞ」

「失礼します」

ナオミが声を掛けると、扉が開いてソラリスが入ってきた。

「あと10分で夕食ができるそうです」

「そうか、分かった」

「……おや?」

頭を下げて退出しようとしたソラリスだったが、机の上のデザイン画が目に入り。それが気になったのか近づいてきた。

「恥ずかしいから見ないでくれ」

ナオミが隠そうとするが、一足早くソラリスに取られてしまった。

「安心してください。そのデザイン画より、今着ている寝間着で外を出歩く方が世間的に恥でございます」

「……寝間着……恥……」

ソラリスの容赦ない言葉に、ナオミがショックを受ける。その間にソラリスがデザイン画をジッと観察した。

「色はどうしますか？」

「色か……クロークは森で目立たない緑がいいな」

「ネクタイは？」

「決めてない」

「では赤で」

「何故《なぜ》？」

「髪の毛に合わせました」

「なるほど……」

「それとビジネススーツはファッションとしてダサいので、腕はノースリーブにしましょう」

「いや、それは脇毛が見えて恥ずかしい。せめて半袖《はんそで》で」

これはナオミが無精なわけではない。この世界では剃刀《かみそり》の需給が少ないため、高貴な女性でなければムダ毛の処理をしていないだけである。

「……剃刀があるので剃《そ》ってください。面倒なら永久脱毛もできます。それと、このスカートもダサいから……そうですね、ロングのスリットスカートにしましょう」

ソラリスがデザイン画を修正して、スカートをスリットスカートに変更する。

それを見て、ナオミの目が大きく見開いた。

「それだと太ももまで見えてしまうぞ」

「それが良し。ちなみに、スカートの下にはいているズボンは勿論《もちろん》なしです」

「ヤダ、恥ずかしい。それに森の中で足をむき出ししたら、草で肌を切る」

「強化されたパンストをはけば大丈夫でございます」

「パンスト？」

パンストを知らないナオミが首を傾《かし》げる。

「伸縮性があって肌に見える靴下とお考えてください」

「そんな物があるのか」

「という事で、これはスキャンしたからお返しします」

「……あっ」

スキャンが何か分からない。だが、ソラリスはナオミが止める間もなく部屋を出ていった。

「……今日は酒を飲んで忘れよう」

ナオミは本日２度目の現実逃避を心に誓った。


ナオミが１階に降りると、トマトとチーズの濃厚な匂《にお》いが漂ってきた。

「良い匂いがするな」

「焼けろトマトとチーズです」

キッチンに向かって声を掛けると、ルディが料理をテーブルに置き始めた。

甘いトマトの匂いがするのは、ピザのマルゲリータ。

ピザ生地にトマトソースを塗り、モッツァレラチーズとバジルの葉を乗せてオーブンで焼いた。

トマトソースに加えてピリッと鼻を刺激するのは、パスタのアラビアータ。

唐辛子とにんにくをオリーブオイルで炒《いた》めて、そこにトマトソースを加えて真《ま》っ赤《か》なソースを作りパスタと絡めた。

野菜はインサラータ・カプレーゼ。

トマトとモッツァレラチーズの薄切りに、塩と胡椒《こしょう》で味付けしてオリーブオイルを掛けたシンプルな料理。

肉料理はミラノ風カツレツのコトレッタ・アッラ・ミラネーゼ。

子牛の肉を叩《たた》いて柔らかくした後、下味を付けてから小麦粉、溶き卵、パン粉を付けてオリーブオイルで揚げた。トッピングにミニトマトとパセリを添えて完成。

最後のデザートはティラミス。

これは作る時間がなかったから市販品。

食卓に料理が並べられると、ソラリスがワインを持ってきた。

「今日のお酒はちょっと高めのワインです」

「そいつは楽しみだ」

ルディが瓶の口元を押さえ込んで力を入れると、ポンッ！　と音が鳴って、ワインの蓋《ふた》が弾《はじ》け飛んだ。

「おおっ！」

飛んだ蓋にナオミが驚いていると、ルディがグラスにワインを注いで差し出した。

「ワインなのに泡立ってるぞ」

受け取ったグラスの中で泡立つワインに、ナオミはそれを間近で凝視しながら質問する。

「スパークリングワイン知らぬですか？」

「私が知らないだけかもしれないが、見た事も聞いた事もない」

なお、この星にはスパークリングワインは存在していない。

「シュワッとスッキリ、ゲロ酔いです」

「お前、飲みすぎるなよ。さて、早く飲みたいけど、その前に……」

ナオミは話を中断すると、別のグラスにワインを注いでソラリスに渡した。

「ほら、お前の分だ」

「ナオミ。私は酔えないし、飲む必要もないので不要でございます」

「飲めないのか？」

「不要なだけで飲食の摂取は可能でございます」

「ソラリスは人の心を理解しろです、どっしらけですよ」

ルディが口を挟んでソラリスを叱《しか》ると、ナオミがなだめた。

「まあ、そう言うな。ソラリス、新築祝いの今日だけは私たちにつき合ってくれ」

「……分かりました」

ソラリスがワイングラスを持つと同時に、ナオミが口を開いた。

「そうだな……私たちの新たな住まいに」

「遅せぇなったけど、三人の出会いにです」

「私は人ではありません」

ナオミの後にルディが続き、ソラリスが訂正を入れる。

「お前、空気読めです」

「ははは。最後にソラリスも何か言え」

「……乾杯の必要性を理解できませんが、おめでとうございます」

ソラリスが言い終わると同時に、三人がグラスを掲げた。

「乾杯‼」

◆

ナオミの家が新しくなってから1カ月が経過した。

季節は春から初夏に差し掛かり、太陽の光を浴びた若葉が森を明るく輝かせる。

晴れた日の午前中、丸太小屋のテラスでは、ナオミがリクライニングチェアに座って、コーヒーを飲みながら目の前の光景を眺めていた。

彼女の前では、ルディとソラリスが模造刀を振り回して戦闘訓練を行っていた。

ルディの強さはデーモンと戦ったのを実際に見たから、ナオミも知っている。

そのルディとメイド服のまま互角の勝負をしているソラリスは、ナオミの目から見ても十分に強いと思った。

それも当然。

ルディとソラリスの電子頭脳には、『銀河帝国流統合格闘剣術』がインストールされていた。技術だけならこの星の戦士よりも遥《はる》かに強い。

ただし、二人とも実践経験は皆無に等しく、こうして日々訓練に勤《いそ》しんでいた。

「育児アンドロイドのくせにアホ強《つ》えぇです」

ルディがソラリスの剣を受け流すと、体を捻《ひね》って反撃の回し蹴《げ》りを放った。

「仕様でございます」

ソラリスは言い返しながら足蹴りを避《よ》けるや、左手で掌底を放った。

その掌底をルディが頭を傾けて寸前で避ける。

ソラリスが左腕を戻す前に、ルディは手首を掴《つか》むと体を捻って片手で彼女を投げ飛ばした。

そのまま地面に叩きつけられると思いきや、ソラリスは空中で体を捻って足から着地する。そして、ルディが体勢を立て直す前に、剣の柄《つか》で頭を殴りつけてきた。

危険を感じたルディが電子頭脳を活性化。ゾーンに入るとバックステップで攻撃を回避した。

「危ねえです。お前のバカ力で頭殴られたら、僕、死ねですよ！」

ルディは構えを解くと、ソラリスをジロッと睨《にら》んで大声をあげた。

「失礼しました。目の前に殴りたくなる顔があったから、ついうっかり」

「もしかして、今のは冗談ですか？」

もしかしてアンドロイドに感情が芽生えたのかと、ルディが問いかける。

「冗談ではなく煽《あお》りでございます」

その質問にソラリスが澄ました顔で応《こた》えた。

「ムキー！　それで死んだらたまらんですよ。今日の訓練は中止です」

「おつかれさまでした」

プンスカ怒るルディとは逆に、ソラリスは無表情のまま頭を下げて、訓練を見ていたナオミに近づいた。

「飲み物のお替わりはいりますか？」

ソラリスの問いかけに、ナオミが頭を横に振った。

「いや、結構だ。それよりも、ソラリスは強いな」

「仕様でございます」

褒められたソラリスが頭を下げていると、後からこっちに来たルディが話し掛けてきた。

「ししょー、おはようです。今日もかっけーですね」

「……ありがとう」

ナオミはルディに応えるが、その顔は少し恥ずかし気だった。

何故《なぜ》なら、今着ている彼女の服は、自分がデザインしてソラリスが作った服だった。


時間はナオミの新築祝いから5日後まで戻る。

まだ慣れない家のリビングでナオミが寛《くつろ》いでいると、大きな包みを持ったソラリスが彼女の前に現れた。

「ナオミ、服ができました」

「え？　本当に作ったのか？」

「当然です」

驚くナオミにソラリスはそっけなく答えると、テーブルの上に包みを置いて結び目を解《ほど》く。すると、中からナオミがデザインした服が何十着も現れた。

「…………」

ナオミが唖然《あぜん》としていると、ソラリスが服について説明を始めた。

「上着が上下10着、クローク2着、ワイシャツ20着、ネクタイ5掛けを作成しました。それと、ナイキの積み荷から強化生地のパンスト20足、ブーツを5足。あとは下着の類《たぐい》が何にもなかったので、ブラジャーとパンティも各30着持ってきました。不足でしたら追加で持ってきますので、ご命令下さい」

「……これがブラジャー？」

ナオミはソラリスの説明を茫然《ぼうぜん》と聞いていたが、ブラジャーを手にして首を傾《かし》げた。

ナオミが知っているブラジャーは、乳房が垂れないように胸に巻くさらしの布だった。だが、彼女が手にしたのは、立体感のあるものだった。

「サイズはナオミのデータに合わせたので大丈夫だと思います」

「これはどうやって着けるんだ？」

「……では着け方を教えます」

ナオミの質問にソラリスは彼女を洗面所へ連れていった。

そして、15分後。ソラリスに下着を着けてもらったナオミは、鏡の前で驚いていた。

「なんか着ける前より、胸が大きく見えるぞ」

「寄せて上げる仕様でございます」

「なあ、このパンティとやらは生地が少なくないか？」

「普段は見せず、見せる時は勝負仕様でございます」

「発想がすげえ！」

それから、ソラリスはついでとばかりに作った服を持ってくると、全《すべ》てをナオミに着せた。

ソラリスはナオミが怪我《けが》した時に取得したデータから、彼女のデザインした服を寸分違《たが》わず製作した。

上は体のラインが分かる袖《そで》なしの黒いスリムスーツ。スーツから少しだけ見える胸元には、白いワイシャツに赤いネクタイを巻いている。

下は大きく開いたスリットスカートで、こちらも黒色。スリットからは、ナオミの太腿《ふともも》と膝下《ひざした》までの黒のロングブーツが見えていた。

「なあ、やっぱり腕は布か何かで隠した方が良いんじゃないか？」

露出している腕が気になったナオミは、ソラリスに相談する。

「余計なおしゃれはセンスがございません。無駄な布キレで腕の美しさを隠すぐらいなら、最初から長袖《ながそで》にします」

「……何となく道化師になった気分だ」

「では問題ないですね」

「何故、その返答が出た？」

「後でムダ毛は必ず剃《そ》ってください。そうしないと本当に道化師になりますよ」

「無視するな」

「……何かご不満があるのですか？」

騒ぐナオミにソラリスが問い掛けると、彼女は顔をしかめた。

「……服には何も不満はないけど、その……派手じゃないか？」

「クロークで隠せるので問題ありません。それに以前のアレも目立っていましたよ、貧乏人という意味で」

ソラリスはそう言うと、ナオミが以前着ていた緑のローブに視線を向けた。

「そんなに酷《ひど》かったか？」

「正気を失った魔女という設定であれば、有効でございます」

「……そうか」

ナオミが落ち込んでいると、ソラリスは一礼して洗面所を出ていった。

ナオミがリビングに戻ると、ルディがキッチンでトレーニング後のプロテインを飲んでいた。

「ししょー、その服は何ですか？」

ナオミの服装を見てルディが目を丸くする。

「ソラリスが作ったけど、おかしくないか？」

ナオミの質問に、ルディが頭を横に振ってサムズアップを返した。

「かっけーですよ。他はどんなのあるですか？」

「他？　そういえば何着も作ったのに全部同じ服だったな」

それを聞いてルディがため息を吐《つ》く。そして、頭を横に振った。

「ソラリス、何で同じ服しか作らぬですか……命令通りにしか行動しねぇ頭かてーです」

◆

美味《おい》しい料理、快適な住まい、何着もの服。

なんでも与えてくれるルディに、ナオミは何かお返しをしたいと考えた。だが、ルディの欲しい物が思い浮かばない。

ルディは必要な物があれば自分で作るし、既に魔法を教える約束をしているからそっち方面も無理だ。

しばらく頭を抱えていたナオミだったが、分からなければ知っていそうな人に聞こうと、ソラリスを部屋に呼んだ。

「何の御用でございましょうか?」

「いや、そんな堅苦しくしなくていいぞ」

「仕様でございます」

それを言われると、二の句が継げない。

ナオミは肩を竦《すく》めると、本題を話すことにした。

「ルディの欲しい物を探している。何か知っているか?」

「申し訳ございませんが、船員のプライベート情報は特別な理由がない限り非公開でございます」

ソラリスの返答に、ナオミが眉間《みけん》にシワを寄せた。

「……プライベート?」

「左様でございます。銀河帝国憲法第2301条、AIによる個人情報保護法により、AIは個人情報を他人に話せません」

ソラリスの頭が堅いと悩んでいるルディの気持ちが、ナオミにも分かった。

「別にルディの情報が欲しいのではない。彼にプレゼントを贈りたいから相談に乗って欲しいだけなんだ」

「プレゼント……ですか?」

ソラリスが首を傾げる。

「そうだ。いつもルディから貰《もら》ってばかりだから、何かお礼をしたいと思ってね」

「理解しました……ルディの個人情報は公開できませんが、条件を満たしたデータ統計なら提示できます」

「今は何でも知りたい。教えてくれ」

「データ統計によると、寿命を延ばした人間が求める物の第一位は、死ぬ事でございます」

「……は?」

予想外の答えにナオミが目を大きく広げた。

「これはアンチエイジングされた人間の多くが人工人間で、宇宙運送業者なのが原因です。彼らは結婚、および、子供を産む事を規制されており……いえ、少々お待ちください。訂正。私が眠っている間に緩和されて、結婚の自由と子供は産めるらしいですが、条件は厳しいままみたいですね」

「……すまない。それが何故《なぜ》自殺に繋《つな》がるのかを教えてくれ」

「私にも理解不能でございます。ですが、データの中に500年の寿命は長いという意見がございます。人工人間は結婚しても、相手が同じ寿命を生きるとは限らず、子供も条件が厳しくて作れない。孤独に生きる事に悲観して自殺を選んだと推測します」

「……では、ルディも死を望んでいるというのか？」

「プライベート情報に該当するので、お答えできません」

ソラリスはそう言うと、頭を下げて部屋を出ていった。

ソラリスが出ていった後、一人になったナオミは腕を組んだ。

自ら死を望むか……私には理解できない事ばかりだ、宇宙は広いな。

ルディを見ていても、自殺願望があるとは思えない。それに、今のルディは迷子《まいご》で帰れないと言っていた。

という事は、帰る手段が見つからなかったら、死ぬまでこの星に居るのだろう……。

ナオミはそこまで考えると、ルディの希望を叶《かな》える事にした。

ナオミが外で待ってると、ルディが家の中から現れた。

「ししょー。何か用ですか？」

「うむ。いつも色々してくれるから、何かお礼をしようと思ってね」

「僕、好きにやってるだけよ。そんなの別にいらねーです」

「まあ、遠慮するな」

ナオミが魔法の詠唱を始める。

断ったルディだが、ナオミが魔法でどんな事をするのかワクワクしていた。

詠唱が完成して、ナオミが両腕を天高く伸ばす。そして、魔法の名を告げた。

「素晴らしき人生よ！」

魔法が発動して、家の前に大きな魔法陣が現れる。

そして、魔法陣の中で三次元グラフィックスが立体物データを形成するみたいに、建物と大勢の人たちが現れた。

「ししょー、これバーチャルですか？」

突然街が現れた事にルディが驚き、ナオミに尋ねた。

「バーチャル？」

仮想空間を知らないナオミが、両手を伸ばしたまま首を傾《かし》げる。

「仮想空間……んっと、疑似的な世界？　です」

「理解した。それで合ってるぞ。これは幻術系の上位魔法で、詠唱者の思い出を他人に見せる魔法だ」

仮想の街の中では、多くの人たちが歩いていた。全員が幸せそうに笑い、街の雰囲気も明るい。

「良い所ですね」

「ああ、皆が幸せに暮らしていそうな良い街だ」

ルディに向かってナオミが微笑《ほほえ》む。

「いつか行ってみてーです」

しばらく街を見ていたルディだったが、ナオミの方へ顔を向けて微笑んだ。

「……そうだな」

「ししょーありがとーです。僕、この星気に入ったです」

ナオミがルディに見せた街は、10年以上前にローランド国に滅ぼされた彼女の故郷だった。

彼女は親や兄弟が生きていた頃《ころ》に暮らしていた故郷の街が好きだった。

何故、彼女は滅んだ街をルディに見せたのか？

それは、宇宙で孤独に生きていたルディに、この惑星には見せている街以外にも大勢の人が居て、幸せに暮らしている事を教えたかった。

いつの日か、ナオミは故郷、親兄弟、フィアンセを殺したローランド国と戦う。

その時に自分が死んでも、一度も街に行った事のないルディに、一人じゃないと伝えたかった。

「ルディから見て、この星は良い星か？」

ナオミの質問にルディが首を傾げて考える。

「そーですね。良い星の定義、様々よ。だけど、自然豊かで幸せに暮らせる星、宇宙ではエデンと呼んでいるです。この星、エデンの惑星の条件、満たしてるです」

「エデンか……良い響きだな」

エデン《楽園》の星。

後に地動説が広まると、人々はこの惑星をエデンと呼んだ。

閑話　運送屋ルディ

「それで、荷物はどうするんですか？」

ルディが宇宙船ナイキのメインブリッジに座って、空中投射スクリーン先の相手……大手企業『ＤＤＪ光学株式会社』の営業課長に丁寧な言葉で話し掛ける。だけど言葉とは裏腹に、目は射殺《いころ》さんばかりに睨《にら》んでいた。

『そちらで処分してくれ』

「処分にもお金が掛かるんですが、それの費用はどっち払いで？」

『あー、そーだな……折半でどうだ？』

てっきりこっちが全額支払うと思っていたのに、予想外の返答にルディが目をしばたたかせる。

それでも彼の怒りは収まらない。

「……分かりました。キャンセル料金は必ず支払え……ってください！」

『もちろんだ。それと、今回はすまなかったな』

一瞬だけ乱暴な口調になりかけたが、通信先の営業課長はそれに気づかず、最後に一言だけ謝って通話を切った。

「クソが！　大手企業だからって、個人経営を使い捨てにするんじゃねえ！」

通話が終わると同時にルディが机を蹴飛《けと》ばす。すると、ナイキの管理ＡＩハルが話し掛けてきた。

『マスター机が壊れます』

「文句は目的地に到着する直前でキャンセルしてきた、クソに言え！」

ルディはハルにそう言い返し、荒々しく椅子に座り直してから、今回受注した赤字確定の仕事を回想した。


宇宙運送組合の受注リストから選んだ今回の仕事は、楽なのに割が良く、移動距離は半年間。経路も宇宙軍の巡回ルートだから安全が確認されており、積み荷に危険物はない。

ただ問題は、配送先の会社『マドリック製作所』が、今回受注したＤＤＪ光学株式会社のライバル会社『ＬＦＧコーポレーション』から、Ｍ＆Ａを仕掛けられているという噂《うわさ》があることだった。

マドリック製作所は小さいながらも重要な特許を取得しており、昔から多くの企業がＭ＆Ａを狙《ねら》っていた。だが、社長は社員を大切にして、高い金額を提示されても靡《なび》かなかった。

しかし、マドリック製作所の社長が年齢から自分の息子に席を譲ると、息子は合理的経営を目指して社員のリストラを始めた。そして、彼らの代わりに格安賃金の外部発注に切り替えた。

その結果、大量の不良品が発生して経営に失敗。

ＤＤＪ光学株式会社は経済的な判断から、借金を抱えた会社の合併まで考えなかった。それでもライバル会社LFGコーポレーションには奪われたくない。そこで、マドリック製作所へ経営コンサルタントを派遣するのと同時に、多くの仕事を割り振って利益を上げさせて、M&Aを回避させようとした。

だが、部品を搬送していたルディが目的地に着く寸前。DDJ光学株式会社の営業課長から亜空間通信が入る。

ルディはコールドスリープ中を強制的に起こされて、寝ぼけ眼《まなこ》で話を聞いた。そして、話を聞いているうちに、あり得ないと目が覚めた。

その内容は、マドリック製作所に派遣した経営コンサルタントが、LFGコーポレーションのスパイだったらしい。その結果、マドリック製作所がLFGコーポレーションに吸収されて子会社化した。

という事で、仕事はキャンセルだと、DDJ光学株式会社の営業課長から一方的に言われて愕然《がくぜん》となる。

DDJ光学株式会社は今から戻ってこいと言うが、あと2週間で目的の惑星に到着するし、戻るにしても当然、宇宙船の推進剤の費用は掛かる。

ルディはハルに命令して、ふんだくりの追加料金の見積もりを早急に計算させて提出する。すると、相手から「キャンセルなんだからそちらの負担にしろ」と、ふざけた事を言ってきた。

その酷《ひど》い扱いにルディは切れそうになるが、今回の仕事は宇宙運送組合の紹介、しかも相手は大企業。ルディの対応次第では、組合から仕事を貰えなくなる可能性があった。

だけど、星系と星系の間を航行するのだから、推進剤の値段だって馬鹿にならない。向こうの言い分を全部聞いたら、こちらは赤字どころか廃業してしまう。

ＤＤＪ光学株式会社の営業課長とルディが言い争った結果。戻ってくる必要はないけど、仕事はキャンセル料しか払わず、積み荷はそちらで処分しろ。と、向こうが提示した条件に、ルディはこれが妥協点かと、泣く泣く受け入れた。


「それで、倉庫に溢《あふ》れた不良在庫をコッソリどこかへ売る事はできないか？」

『現在調査中ですが、一部の部品に規格外の部品があるため、おそらく新品ジャンク品で売ろうとしても無理でしょう』

ハルの返答にルディが頭を抱える。

「だー、クソったれが！　あの野郎、それを知ってて俺に処分させようとしたな！　何が折半だ。完全に大赤字じゃねえか！」

ルディは美少年な見た目に反して汚い言葉を発し、髪の毛を掻《か》き毟《むし》って思考をフル回転させ、どうにかしてゴミと化した在庫の処分を考えた。

「だったら、ライバル会社のＬＦＧコーポレーションに売れないか？」

『一番最初に問い合わせしましたが、無下に断られました』

「何でだよ！」

『理由までは不明です』

「そうだ！　保険、保険で何とかならないか？」

『現在加入している保険では、積み荷まで保証していません。それに積み荷も損傷したわけではないので、当然支払われないでしょう』

ハルが無慈悲に彼の考えを否定すると、ルディは頭を抱えてため息を吐《つ》いた。

『それよりも、今回使用した推進剤分の費用を支払うと貯金がほぼ尽きます。倉庫の積み荷を売りさばく必要もありますが、次の仕事もすぐに見つけないと、来年のローン返済が不可能になります』

その報告にルディががっくり肩を落とす。

ルディはナイキを購入するために１２０年のローンを組んでおり、彼の年収の半分はローン返済で引き落とされていた。そして、返済完了まで残り60年。支払いが滞れば、ローンを組んだ銀行にナイキが差し押さえられ、彼は路頭に迷う事になるだろう。

「とりあえず、ゴミの山になった倉庫の荷物を買い取ってくれる物好きがいるか最優先で探してくれ。それと推進剤を節約したいから、速度はこのままを継続、もう急ぐ必要もないしな」

『イエス・マスター』

ルディはハルに命令すると、もう何度目か分からないため息を吐き出して、天井を見上げながら

「ひでえ話だ」と呟《つぶや》いた。

強制的にコールドスリープから起こされたルディは、もう一度コールドスリープに入るには時間が短く、惑星に到着するまでの二週間の間、ナイキの艦内でだらだらと過ごした。

惑星に近づくと惑星軌道上の宇宙ステーションに、ナイキのドッキング申請を行う。

なお、今回キャンセルになってナイキの倉庫に溢れた部品は、ハルがコスモネットワークで検索しても買い取り先が見つからず、廃棄がほぼ確定。現在は格安の廃品回収会社を平行して検索中だった。

「こちら、メテオラス惑星宇宙ステーションじゃ」

空中投射スクリーンに現れたのは、綺麗《きれい》な服を着ているが、髭《ひげ》もじゃで髪を伸ばしっぱなしの中年のドラグン人だった。

だけど、ドラグン人は基本的に無精な性格の人間が大半で、宇宙ステーションのオペレーターのような管理が重要な仕事を任せるのは相応《ふさわ》しくない。

「ん？　わしの顔に何か付いてるか？」

珍しいなとルディがじっと見ていると、それを訝《いぶか》しんだドラグン人が話し掛けてきた。

「酷いツラが付いてるだけで何でもない。こちらは、アイナ共和国所属民間貨物船ナイキ艦長、ルディ。そちらへのドッキングを申請する」

「元気だな。何か薬でもキメてるのか？」

「いや、これが普通だ」

「ははは。なるほど、ただの異常者か」

ルディの失礼な冗談を言われても、相手のドラグン人はいつもの運送屋の冗談だろうと慣れた様子で笑いを堪《こら》え、コイツは面白い小僧だと思った。

「目的は？」

「搭乗員の休暇とゴミの処分」

「……ゴミ？」

ルディの申告に、スクリーン先のドラグン人がナイキの荷物を確認する。

「申告書には星系監視スコープの部品と書いてあるぞ」

「たぶんそうかもしれないが、クソ迷惑なM＆Aに巻き込まれてね。ブチ切れた依頼主がキャンセルした上に、俺に廃棄処分しろとふざけた事をぬかしてきた」

「がはははっ、それは災難だな。まあ、運送業をしてればよくある話だ。何歳か知らねえが、まだ若いんだから頑張れ」

アンチエイジングをしているルディは、見た目と異なり実年齢は81歳。だが、運送業界ではルディのように見た目と実年齢が異なる人間は大勢居る。そのせいでトラブルになるケースが多かった。

その結果、見た目と実年齢が違うお前らが悪いと、宇宙では見た目の年齢で歳《とし》を決める暗黙のルールがあった。

「嬉《うれ》しくて涙が止まらないぜ」

「ママのおっぱいでも飲んで慰めてもらえ。特に問題なさそうだからドッキングは許可するぜ。中型だと……24番ふ頭のA－1が開いてるから、そこに繋《つな》げな」

「了解。それと俺は試験管生まれだから、ママに乳首はないぞ」

ルディの冗談にドラグン人が馬鹿笑いした。


宇宙ステーションにナイキをドッキングした後、宇宙ステーションのドローンによる積み荷の確認、病原菌検査、入国手続きなどを終えた。

ルディは、宇宙ステーションの軌道エレベーターに乗って、メテオラス惑星に降りる。

メテオラス惑星は2400年前にテラフォーミングが完了した海洋惑星だった。宇宙から星を見ると、青みのある翡翠《ひすい》の色をした海に、渦巻く白い雲が入り混じっており、美しい惑星として有名。

メテオラス惑星は地表の70%が海。この星の人類は海岸沿いに作った都市で暮らしていた。

惑星に降りたルディは、ステーション近くのホテルにチェックインすると部屋から出て、ホテルのラウンジで女性人型ロボットコンシェルジュに美味《うま》い飯屋の場所を聞く。

彼女の話によると、海洋惑星と言うだけあって名物は魚料理だが、残念ながら地酒は作られておらず、全《すべ》て輸入品らしい。

地酒がないのは残念だけど、今夜は久しぶりに新鮮な魚を食べて赤字の憂さでも晴らそうと、無人タクシーに乗って海産市場へと向かった。

タクシーが目的地に到着して、ルディは目の前の店を眺めて悩んでいた。

店の外装は赤色で派手だけど周りの雰囲気に合っておらず、窓ガラスから店内を覗《のぞ》けば、店の入り口に魚が泳ぐ巨大な生け簀《いす》がある。客席の近くでは出来立てを提供しようと、調理用ロボットが料理を作っていた。

確かにコンシェルジュが紹介しただけあって、店の中は満員に近い客が入っていた。だけど、客の格好を見れば大半がルディと同じ宇宙からの客層ばかりで地元客は居なかった。

どうやら彼らもルディと同じ、ガイドの案内でこの店に来たと思われる。

確かにお勧めされるだけあって、料理は美味《おい》しいかもしれない。

だけど、ルディの中では店の雰囲気からコレジャナイ感が漂い、とりあえず観光がてらに周囲を探索して、もっと良い店を探そうと店の前から離れた。

海産市場と言っても、ルディが入れるのは場外市場だけ。セリが行われる場内市場には入れない。そもそも、セリは早朝に行われるからとっくに終わっている。そして、売っている魚の大半が養殖で、天然の魚は釣りが趣味でなければ、食べるどころか目にする事すらなかった。

場外市場は狭い路地に多くの店舗がひしめき合い、路地を歩く客層の半分が観光客で、もう半分は買い出しに来たアンドロイドだった。

ルディは観光客相手に店頭で売っていたさつまあげを購入して、食べながら場外市場をふらふら歩いていた。

思っていたよりももちもちして、腹持ちも良い。帰りに少し買って帰ろうかな。などと考えながらルディが路上を歩いていると、観光客ではない、おそらく仕入れに来たであろう人間を発見した。

その人物にルディが目を光らせる。

アンドロイドに任せず、自分の目で品を確認している。つまり、あれが目利きというヤツだ。という事は、あの人の店に行けば美味い飯が食えるかも……。ルディは商品を仕入れている年老いた男性に運送屋の勘が働き、美味い飯を求めて彼を尾行した。


老人が入ったのは、海産市場から少し離れた古臭い小さな店だった。

ルディが店に近づいて営業時間を確認すると、昼からの営業であと2時間ぐらい待たなければならないらしい。

2時間が長いか短いかをどう思うかは個人によるが、運送屋をしているルディは、客が荷物を運んでくるまで待つ事が多い。2時間ぐらいなら余裕で待つ事ができた。しかも、彼の頭は電子化されており、左目のインプラントで映画やアニメを表示させて、それを見ていれば何時間でも余裕だった。

ルディが店の前でゲーム実況動画を見ている間に時は過ぎ、あと10分ぐらいで開店となる頃《ころ》、ルディの後ろに好好爺《こうこうや》な感じの爺《じい》さんが並んだ。

「ふぉふぉふぉ。この店に観光客が来るのも珍しいのう。どこで知ったんじゃ？」

まさか話し掛けられるとは思っておらず、ルディがビクッと体を跳ねさせる。そして、無視するのも失礼だと、左目のインプラントから流れていた実況動画を消して振り向いた。

老人はルディと同じぐらいの身長で、白髪《しらが》の髪を肩の辺りまで伸ばしてる。顔は年季の入ったシワが現れており、長い顎髭《あごひげ》が伸びていた。

一見すると好好爺のお爺さんで目元が笑っているけど、どことなくルディを鋭く観察している感じがする。

もし、この老人がアンチエイジングをしていなければ、おそらくルディと年齢が変わらないか、年下だろう。

ついでに変な喋《しゃべ》り方だと思ったけど、その喋り方に老人といった雰囲気が感じられて、ルディは彼を気に入った。

「この店の店長っぽい人が海産市場で良い目利きをしていたから、尾行してみた」

別に嘘《うそ》を吐《つ》く必要もない。ルディが正直に答えると、その返答に老人が「ふぉふぉふぉ」と笑った。

「なかなか面白いのう。お主どこから来よった？」

「デンターから」

ルディが今回の荷物を受け取った惑星の名を言う。すると、老人は眉《まゆ》を少しだけ吊《つ》り上げて直ぐに表情を戻した。

「それは遠い所から来たのう……最近はこの星から宇宙へ出る事もなくて、もし良ければ、わしと一緒に飯でも食わんか？　外の話を教えてくれるならわしが奢《おご》るぞい」

「俺の話で良ければ」

今回の仕事で金欠だったルディは、老人からの提案に迷う事なく頷《うなず》いた。


開店時間間際になると老人の後ろに地元民が並び始めて、開店すると同時に全ての席が埋まり、店の外には順番待ちの客が並んでいた。

一番前に並んでいたルディと老人は、常連客の老人が座ったテーブル席の反対側に座る。

「思っていた以上に人気店だった」

「ふぉふぉふぉ。取材お断りの隠れた名店じゃよ」

店の雰囲気と混み具合にルディが言葉を漏らすと、老人が微笑《ほほえ》み、テーブルにあった電子パネルを彼に見せた。

「ここのお勧めはサバの味噌煮《みそに》じゃ」

「良いですね。サバの味噌煮。はしたないけど、汁をご飯に掛けて食べるのが好きなんですよ」

ルディが応《こた》えると、老人が無言で右手を差し出した。

「同志よ」

「お前もか」

老人とルディががっちり握手。そして、二人はサバの味噌煮込み定食を注文した。

注文の品が来るまでの間、ルディと老人は店員ロボットが運んだお茶を飲みながら会話をした。

老人の名前はギルバードと言う。定年後も暫《しばら》く会社を経営していたが、数年前に息子に社長の座を譲り、今は年金で悠々自適な生活をしていた。

そして、ギルバードはアンチエイジングをしておらず、ルディよりも5歳年下だった。ルディが年齢を教えると驚いていた。

「子供と思っていたのが、まさかわしより年上だったとはのう」

「宇宙で暮らしていると時間の流れがゆっくりだから、たまに星へ降りると時間の早さに驚きます」

銀河帝国の人口は1兆人を超えるが、アンチエイジングできる人口はその内の30％以下に満たない。さらにアンチエイジングに適性のある人間は、ルディのように試験管から生まれた人工人間が大半だった。惑星で生まれ育った人間で、アンチエイジングの適性があるのは、極僅《わず》かしか居なかった。

それからルディは現地でしか得られない他の星の情報を教え、最後に今回の赤字の件をギルバードに話した。すると、話を聞いたギルバードが突然頭を下げてきた。

「なるほどのう。デンターから来たと聞いて嫌な予感がしたが、どうやら勘が当たったか……わしの息子が失礼をした。許してくれとは言わぬが、あやまらせてくれ」

ルディはギルバードの様子と今の会話から、彼がマドリック製作所の元社長だと分かった。

「別にギルバードさんが悪いわけじゃないですからね。それよりも頭を上げてください。飯が不味《まず》くなる」

「いや、本当に申し訳ない。うちの馬鹿息子が……だからあれほど信用できぬ合理化などするなと言ったのに……はぁ」

ギルバードは頭を上げると、自分の息子の不甲斐《ふがい》なさにため息を吐《つ》いた。

その後すぐにサバの味噌煮定食が運ばれてくる。

ギルバードもルディの言った、人の頭を見ながら食べる飯は不味い、という意見には賛成で、彼は年の功を重ねた経験から気持ちを切り替え、ルディと一緒にサバの味噌煮定食を食べ始めた。

ルディがサバの味噌煮を箸《はし》で割ると身が簡単に解《ほぐ》れる。口の中に入れれば、味噌《みそ》と生姜《しょうが》のコクが深くまろやかで、身はふっくらと、まさに絶品の料理だった。

「いや、これはなかなか、イケる味だな」

「じゃろじゃろ。家庭ではなかなか作れない味だから、わしは週に3回はここに通ってる」

美味しい料理は人を愉快にさせる。ルディとギルバードは笑顔を浮かべてサバの味噌煮だけ食べた後、残った汁をご飯にかけ、さらにルディはテーブルに置いてあった七味唐辛子をご飯の上に振りかけた。

「ふぉふぉふぉ。ルディもなかなかやりますな」

七味唐辛子をかけるルディに、ギルバードが怪しく笑う。

「ふふふ。サバの味噌煮に七味は欠かせません」

ルディは「もちろんお前もやるよな」と、ギルバードに視線で問いかければ、彼は「もちろんだとも」と、受け取った七味唐辛子をご飯にかけた。

笑い合う二人の様子に回りの客は怪しむが、二人はお構いなしにサバの味噌煮汁ぶっ掛けご飯を完食した。

ルディが外で待っていると、会計を済ませたギルバードが店から出てきた。

「今日はごちそうさまです」

「いや、わしの方もすまんかった。せめてもの詫《わ》びじゃ」

ルディとギルバードがお互いに頭を下げる。そして、話を切り替えてルディの損害補償について話し始めた。

「本当ならば、何とかしたかったんだが、とっくの昔にわしは退いて、会社も今はＬＦＧコーポレーションの子会社化しておる。息子は社長のままだが、実際の経営には携わっておらぬから何もできん。だけど、さすがにそれではルディ殿に申し訳ない……そこでどうだろう、この金額でわしが荷物を引き取りましょう」

そう言ってギルバードが提示した金額は、元は取れないけど、それでもゴミの山を売るとしたらそこそこ良い金額だった。

その金額にルディは直ぐにでも飛びつきたかった。だが、社会人としての経験から、露骨な態度を見せたら相手に舐《な》められると我慢して、悩むような演技で頷いた。

「なかなか良い金額ですね。直ぐに返答できませんが、前向きに検討してみます」

「ふぉふぉふぉ。確かに元が取れる金額ではなかろうから、すぐに返答できないのは当然じゃろう。決断したらわしに連絡を入れてくれ」

「分かりました」

こうしてルディとギルバードは連絡先を交換してから、店の前で別れた。

ギルバードと別れた後、ルディは電子頭脳で無人タクシーを呼んだ。ホテルに戻るまでの間、車窓を流れる街並みを眺めながら、ギルバードと自分の人生との差を想《おも》い耽《ふけ》る。

人工人間のルディの体は遺伝子の操作で性欲が皆無だった。なお、別に性欲がないだけで子供は作れるが、繁殖行為をしなければ当然子供は生まれない。

何故《なぜ》そんな体に生まれたのか、それには銀河帝国に人工人間への差別があったからだった。

普通に生まれた人間からしてみれば、優秀な遺伝子を組み合わせた人間は、生まれた時から優秀なのが卑怯《ひきょう》に映ったのだろう。

そこで彼らは、人工人間は労働力として必要だが、自分たちの脅威にならないように子孫の繁栄を抑制した。

だけど、人工人間が誕生してから数百年後、彼らの間から「我々にも自由に子供を作る権利がある！」と、銀河帝国評議会に人権侵害を訴え、数十年の闘争の末に権利を勝ち取った。

ただし、それでも人工人間の脅威論は消え去る事なく、妥協案で子供は作れるが、性欲は個人の自由だと抑制された。

もし、自分に妻が居て子供が生まれていたら、どんな人生だっただろう。

結婚した相手がアンチエイジングしているとは限らない。そして、アンチエイジングで寿命を延ばしても、自分と同じ年齢になる可能性は低い。

さらに、子供を産んでも、その子供がアンチエイジングの適性があるとも限らない。

ルディは相手が先立つのが分かってまで、子供を作る気はなかった。だけど、ギルバードのように子孫を増やす人生に憧《あこが》れはある。それはきっと、生物としての本能なのだろう。

だとしたら、子供を作る欲がない自分は、一体どんな存在なのか。

ただ、星野間を移動して物を運ぶための生きた機械？

おそらく、銀河帝国評議会に人権侵害を訴えた、かつての人工人間たちは、今の自分と同じ考えだったのだろう……。

『マスター、報告があります』

『なんだ？』

『ナイキのネットワークに、外部からの不正アクセスが発生しました』

『泥棒か？』

宇宙船を狙《ねら》った泥棒はどこでも発生して意外と多い。

彼らの手口の大半は、外からハッキングしてＡＩを停止させ、船に乗り込むか遠隔操作で操縦権を奪う。宇宙ステーションのオペレーターには、偽物の画像を見せて発進許可を得て、遠く離れた場所で闇《やみ》の商人に船を売っていた。

当然、その対策に宇宙船のネットワークは最大限に強化されて、外部からの侵入を防いでいる。だが、泥棒の技術も日進月歩のため、絶対に盗まれないとは限らなかった。

『いえ、それが相手のアクセス先はナイキのネットワーク履歴のみで、私への攻撃はありませんでした』

『……どういう事だ？』

『おそらくナイキの積み荷と関係があると想定します』

『あの売ろうとしてもどこにも売れないゴミの山にか？』

ハルの報告にルディが首を傾《かし》げる。

『私がこの星に来てネットワークにアクセスした先の大半は、金属買い取り業者と廃棄処分業者なので、先ほどの回答に至りました』

『当然、犯人の追跡はしたよな？』

『イエス、マスター。犯人はこの星のローカルネットワークを使用しており、マスターの居る都市からのアクセスです。それ以上は相手がネットワークを切ったためロストしました』

『……了解。後はこちらで考える。宇宙ステーションにはそっちから報告してくれ』

『イエス、マスター』

ルディがハルとの通話を終えると同時に、無人タクシーがホテルに到着する。彼は自分の部屋に戻ってから犯人を捜す事にした。


ホテルの部屋に入るなり、ルディはベッドの上で横になる。そして、両腕を頭の下で組んで、今回の事件について考えた。

ナイキの倉庫にあるのは、新品同然のゴミの山。

ルディから見ればスクラップと同等だが、マドリック製作所とＬＦＧコーポレーションには、これが宝の山なのは分かっている。

では、こちらからＬＦＧコーポレーションへ売却を相談したのに、拒否されたのは何故なのか？

ルディは廃棄処分した後で、ＬＦＧコーポレーションが廃棄会社からゴミ同然の値段で買う事ぐらいしか思い付かなかった。

確かに俺が売るよりも廃棄会社から購入すれば、高額の送料もなく原価以下で部品が手に入る。

そうすれば、多少は今回のM&Aにかかった費用の穴埋めになるだろう。

犯罪を犯してでも、ナイキにハッキングしたのは、売却先の廃棄会社を調べていた可能性が高い。

という事は、ナイキにハッキングしてきた犯人は、LFGコーポレーションなのか？

ルディが思考していると、電子頭脳に電話のコールがあった。

左目のインプラントから空中投射スクリーンを出して、電話相手を表示させる。

「はい、もしもし」

『よう！　ゴミは売れたか？』

挨拶《あいさつ》もなしに冗談を言ってきたのは、宇宙ステーションのオペレーターのドラグン人だった。

「ドラグン人のおっさん？」

『わしはまだ62だ、おっさん言うな』

ドラグン人の平均寿命は150歳程度。人間に換算すれば40前後なので、ルディはおっさんと呼んで良いと思った。

「だって、名前知らないし」

『言ってなかったか？　わしの名前はガンデスだ』

「じゃあガンデスのおっさん、何か用か？」

『だから、おっさん言うな』

「冗談だよ」

『分かっとる。お前の船のＡＩから、船がハッキング被害にあったという通報が来たから、担当のわしが確認しにきた』

「そういう事ね」

それから、ルディはガンデスにハッキング被害について説明をした。

『なるほど。目的は船じゃなくて、スクラップの山か』

「おそらくな。全く酷《ひ》でぇゴミを押し付けられたもんだぜ」

ルディが呟《つぶや》いていると、画面の向こうのガンデスが顎《あご》に手を添えて考えて、口を開いた。

『……なあ。あのスクラップを、俺のダチ《友達》に売ってみないか？』

「売れるアテがあるなら聞くぞ」

商談は突然やってくる。あのスクラップを売らなければ、ナイキの推進剤が確保できない。

ルディはガンデスから詳しい話を聞いた後、ギルバードに連絡して売るあてができた事を伝えた。

その時、ルディは電話先のギルバードが、何故か落ち込んでいるように思えた。


翌日。ルディが宇宙ステーションで待っていると、ガンデスが友人と言っていたドラグン人を連れてきた。

「よう、待たせたな」

「いや、こっちも５分前に来たところだ。それで彼が？」

「ああ、紹介するぜ。俺の友人のバルドデスだ」

「バルドデスだ」

バルドデスは口下手《くちべた》なのか、ガンデスの紹介に自分の名前だけを言って頭を下げた。

「ルディだ。口下手でも口達者でも、在庫の山を買ってくれて歓迎するぜ」

「小賢《こざか》しいガキだな」

冗談が嫌いなのかバルドデスが呟くと、ルディが片方の口角を尖《とが》らせた。

「お前よりも年上だぞ、クソガキ」

その言い返しにバルドデスが目をしばたたかせる。その様子にガンデスは笑いながら、ルディがアンチエイジングで年上だと説明した。

「すまんな。バルドデスは地上の人間だから、宇宙屋の年齢に慣れてねえんだ」

「よくある話だ。ナイキに案内する。商談は実物を見てからだ」

「分かった」

「うむ」

ガンデスとバルドデスは頷《うなず》くと、ルディと一緒にナイキへと向かった。

ルディは二人をナイキの倉庫へ案内すると、今回の積み荷である星系監視スコープの部品を見せた。

星系監視スコープの部品の大きさは３ｍ。レンズを調整するために不可欠な部品であり、内部には精密な機械が詰められていた。それが今、ナイキの倉庫で山のように積まれている。

「これが新品のジャンク品だ」

ルディの話にガンデスが肩を竦《すく》めた。

「これがジャンク品とは、もったいねえな」

「どんな新品でも使えなければ、ただのゴミらしい。消費者は生産者の苦労を知らねえから、どんどん宇宙にゴミとゴミみたいな人間が溜《た》まるんだ」

「全くその通りだ」

バルドデスはルディの冗談に頷くと、持ち込んだ機材を使って星系監視スコープの部品を調べ始めた。

そして、調べ終えた後、ため息を吐《つ》いて頭を左右に振った。

「駄目だ。使えるけど使えん」

意味が分からずルディとガンデスが首を傾げる。

「バルドデス、話が伝わらん。俺たちにも分かるように説明しろ」

ガンデスの文句にルディが頷く。

バルドデスは仕方なさそうに顔をしかめると、理由を話し始めた。

「製品自体は使える。むしろ、俺が欲しがっていた物だ。だけど、コイツには、まだ有効な特許が無断でコピーされて使われておる。もし、これを知らずに使ったら警察に捕まるぞ」

バルドデスの話を聞いたルディとガンデスは、大手企業のＤＤＪ光学株式会社が不正をしている事実に、驚きを隠せなかった。

ガンデスとバルドデスが帰った後、電子頭脳にハルから連絡が入ってきた。

『マスター。亜空間通信が入ってます。相手は、ＤＤＪ光学株式会社です』

「繋《つな》げてくれ……もしもし？」

『ああ、繋がったか』

ルディが電話に出ると、今回キャンセルを伝えてきた営業課長の顔が、空中投射スクリーンに映った。

『あの部品はまだ廃品にしてないだろうな？』

営業課長はどこか慌てた様子で、ルディに話し掛けてきた。

「まだ船に積んでますが、何か？」

『いや、売ってないなら問題ない。アレを今すぐ回収したい。こちらまで運んでくれないか？』

「無理です」

営業課長の依頼をルディが即答で断る。

『……は？　何故《なぜ》？』

「あれを売らないと、船の推進剤が買えないんですよ」

ルディの返答に営業課長の顔から汗が流れ始めた。

『あ、あれを、売るつもりなのか？』

「当然でしょう。今回キャンセルされて赤字なんだから」

『い、いかん！　アレを売るのは許さん』

「許さんって、別に俺はアンタの部下でもなんでもないぜ。それに、最初の契約は破棄されて、再契約した時に、あの製品はこちらで自由に処分しても良い契約になってますよ」

これはハルが仕込んだ罠《わな》だった。再契約の内容は、積み荷を処分する方法をルディに一任するとなっており、廃品にするのも売るのも自由だった。

『輸送代金は前金で払う。だから、部品を運んでこい！』

ルディは営業課長の様子から、どうやら彼は特許不正の事を知らなかった風に見えた。そして、開発部署から叱《しか》られて、慌てて回収しようとしていると予測した。

その時、ルディの脳裏に一つの名案が浮かぶ。だが、それを隠してルディは困った演技を続けた。

「それでも、こちらに運んだ分は赤字ですね」

『ぐぬぬ……だったら、その分の料金も支払う。だから今すぐ戻ってこい』

「ん――。それだけ？　迷惑料はなし？」

『……わ、分かった。それも上乗せしてやる。これでどうだ？』

「ありがとうございます。だけど、残念ながら御社が信用できないので、お断りします」

『なっ⁉』

ルディは先ほどまでの困り顔を一変させると、にんまり笑いながら空中投射スクリーンに手を振った。

「ばいばーい」

『チョッ待……』

ルディは相手に最後まで言わせず亜空間通信を閉じると、直ぐにハルに命令をした。

「ハル。今すぐ、ナイキを担保に借金をしろ！」

『……はい？』

自分が借金のカタに取られると言われて、ＡＩにしては珍しくハルが困惑する。

「その金で今すぐ、ＤＤＪ光学株式会社の株を空売りするんだ」

『マスター……もしかして……』

「そのもしかしてだ。マスコミにリークすれば、明日は大暴落だぜ。個人事業主を馬鹿にした報いを受けやがれ！　わははははっ‼」

ルディはそう言うと、スクラップの山の前で高笑いした。


翌日。ルディの予想は大当たり。

ルディが匿名でバルドデスの残したデータを添えてマスコミにリークすると、その日の晩にはＤ

ＤＪ光学株式会社の不正が報道された。

そして、翌日の株価は大暴落。ナイキを担保に全額を空売りをしていたルディは、一気に金持ちになった。

ナイキに積まれていたスクラップの山は、警察に押収された。だが、元々ギルバードに売っても大した金にはならなかったので、輸送費が浮いたと、ルディは警察が運ぶ姿を見て喜んだ。

「いや――。今回は儲《もう》けさせてもらったな」

ナイキのメインブリッジでルディがホクホク顔をしていると、ハルが話し掛けてきた。

『本来の仕事ではありませんでしたけどね。それに、まさか自分が担保にされるとは夢にも思いませんでした』

どうやらハルは担保にされた事を根に持っているらしい。

「まあ、そう言うな。おかげで推進剤の代金が稼げたし、借金も大分減ったんだから」

『確かにそうですが……おや？　マスター。ギルバード様から連絡が入ってきました』

「ん？　あの人か……出よう」

おそらく、ギルバードは今回の件で恨んでいるだろう。

別にルディは悪くないが、愚痴ぐらいは聞いてやろうと通信に出た。

『やあ、ルディ殿お元気だったかな？』

「まあ、色々あったけど何とかかね」

『今回の特許不正の報道は、ルディ殿のリークなんじゃろうな……』

「さあ、どうだろうね。ところでナイキにアクセスしたのは、ギルバードさんかな？」

『……さあ、なんの事やら』

ギルバードにはとぼけられたが、ルディは彼が犯人だろうと思った。

「俺がリークしてもしなくても、宇宙ステーションの職員の目の前で不正が見つかったんだから、数日以内には警察が動いていたと思うよ」

『……そうか』

おそらくギルバードは、特許不正の事を知っていた。だが、小さな会社が大企業の不正をリークしたら報復に潰《つぶ》される。それで今まで黙っていたのだろう。

「文句の一つでも言われるのかと思っていたけど、何も言わないんだな」

ルディが尋ねると、空中投射スクリーンのギルバードがニヤリと笑った。

『実はのう。ルディ殿と連絡を取った時、なんとなくこうなると予想しておった。そこで、全力でDDJの株を空売りしてやったわい。わはははっ！』

その様子にルディが呆《あき》れて肩を竦めた。

「ギルバードさんもやるなぁ」

『ふぉふぉふぉ。だけど、も、と言う事はルディ殿も稼いだかな？』

「赤字の補填《ほてん》をしなきゃ、食っていけないからね」

ルディの返答に、ギルバードがうんうんと頷く。

『おそらく、ルディ殿とはもう二度と会う事はないじゃろう。だが、この出会いはわしにとって良い思い出になった。ルディ殿のこれからの長い人生に幸あれ。先に天国で待っとるぞ』

「ああ、アンタも残りの人生をイージーに生きな」

ルディは空中投射スクリーンに向かって手を振ると、ギルバードとの通信を切った。

ルディとギルバード。歳《とし》は近いが、二人が歩んだ人生は全く違う。

だけど、たった一日の出会いで、二人は無二の友となった。


「さて、次の仕事に行くとしようか」

推進剤も手に入ったから、ルディは昨日《きのう》のうちに次の仕事を受けていた。

仕事内容は開拓惑星への物資の運搬。三年掛かる長い距離だが、道中は安全だから、今回も無事に届けられるだろう。

『イエス、マスター』

ルディの命令に、ハルがナイキを宇宙ステーションのドッキングから切り離す。

最後にガンデスとも別れの挨拶《あいさつ》をしたかったが、今回の担当は別のオペレーターだったため、会う事はできなかった。

ルディは離れて小さくなるメテオラス惑星を眺める。

今回は色々あったが、サバの味噌煮《みそに》は美味《うま》かった。
次に向かう惑星にはどんな飯があるのだろう。
それを想像しながら、ルディはコールドスリープで眠りに就いた。

あとがき

では本作のあとがき。


表紙かあらすじを見てご購入して下さった読者の皆様、初めまして水野です。

また、ネットでこの小説を気に入って、この本を買ってくれた読者の皆様、ありがとうございます。無事に本を出す事ができました。


思い越せば令和4年の9月の半ば。

息抜きに書いたつもりの小説がネットでそこそこ読まれるようになって、それなら本にするのも良いかもと、カドカワBOOKSの募集に応募したのが苦難の始まりでした。

今思うと誤った選択だったかもと思っています。

毎日ネットで小説を更新しながらの編集作業は、兼業作家にとって地獄の日々。

編集者との打ち合わせでは、お互いに良い作品に仕上げようとマウンティングを取り合って、ダメ出しされての全文書き直し、本文の初めと終わりを追記して、閑話に1万文字。

初校の見直しが終わってやっと落ち着けると思ったら、ショートストーリーを5本書け？　キャラが3人しか登場していないのに5本書け⁉

それを聞いた時、本気でKADOKAWAの編集をぶん殴りたくなりました。


まあ私の話はそれぐらいにしておいて。

今回は、ルディが惑星に降りてナオミと出会い、暮らしを向上させるまでの長い長いプロローグ。ネットで書いている続きでは、冒険者と仲良くなり、ゴブリンを仲間にしたり、領地経営や戦争に関わったりと、色々な体験をしていきます。

また、エデンの惑星のマナとは何か？　何故、1200年前に宇宙船が不時着したのか？　そして、ルディとナオミの未来とは？

この小説では読んでも飽きないように、所謂《いわゆる》テンプレというのを書いても結果を違う形にして、ファンタジー、SF、戦争、内政、料理、魔法等々、ありとあらゆる要素を詰め込んでみました。

一巻で終わらず、物語の続きも本という形で、多くの人に読んでもらえるようになったら嬉《うれ》しく思います。

以上

カドカワBOOKS

宇宙船《うちゅうせん》が遭難《そうなん》したけど、目《め》の前《まえ》に地球型惑星《ちきゅうがたわくせい》が
あったから、今《いま》までの人生《じんせい》を捨《す》ててイージーに生《い》きたい

2023年５月10日　初版発行

著者／水野藍雷《みずのあいらい》

発行者／山下直久

発行／株式会社KADOKAWA

〒102-8177
東京都千代田区富士見2-13-3
電話／0570-002-301（ナビダイヤル）

編集／カドカワBOOKS編集部

印刷所／大日本印刷

製本所／大日本印刷

●お問い合わせ
https://www.kadokawa.co.jp/（「お問い合わせ」へお進みください）
※内容によっては、お答えできない場合があります。
※サポートは日本国内のみとさせていただきます。
※Japanese text only

Printed in Japan
ISBN 978-4-04-074967-9 C0093

新文芸宣言

かつて「知」と「美」は特権階級の所有物でした。

15世紀、グーテンベルクが発明した活版印刷技術は、特権階級から「知」と「美」を解放し、ルネサンスや宗教改革を導きました。市民革命や産業革命も、大衆に「知」と「美」が広まらなければ起こりえませんでした。人間は、本を読むことにより、自由と平等を獲得していったのです。

21世紀、インターネット技術により、第二の「知」と「美」の解放が起こりました。一部の選ばれた才能を持つ者だけが文章や絵、映像を発表できる時代は終わり、誰もがネット上で自己表現を出来る時代がやってきました。

UGC（ユーザージェネレイテッドコンテンツ）の波は、今世界を席巻しています。UGCから生まれた小説は、一般大衆からの批評を取り込みながら内容を充実させて行きます。受け手と送り手の情報の交換によって、UGCは量的な評価を獲得し、爆発的にその数を増やしているのです。

こうしたUGCから生まれた小説群を、私たちは「新文芸」と名付けました。

新文芸は、インターネットによる新しい「知」と「美」の形です。

2015年10月10日
井上伸一郎

摩訶不思議な
山暮らし――
ニワトリ(?)たちと
癒やしの
スローライフ
開幕!
前略、山暮らしを始めました。

歩くたび増えていく
新しい出会い、新しいスキル
この世界で、
のんびり旅はじめます。
講談社
マンガアプリ
「マガジンポケット」にて
コミカライズ
決定!!
漫画：小川慧

異世界ウォーキング
シリーズ好評発売中！
あるくひと
[illust.] ゆーにっと
カドカワBOOKS
異世界に召喚された日本人、ソラが得たスキルは「ウォーキング」。「どんなに歩いても疲れない」というしょぼい効果を見た国王は彼を勇者パーティーから追放した。だがソラが異世界を歩き始めると、突然レベルアップ！　ウォーキングには「1歩歩くごとに経験値1を取得」という隠し効果があったのだ。鑑定、錬金術、生活魔法……便利スキルも次々取得して、異世界ライフはどんどん快適に！拾った精霊も一緒に、のんびり旅はじまります。

奇跡に詠唱は要らない――
気弱で臆病だけど最強な
魔女の物語、書籍で新生！

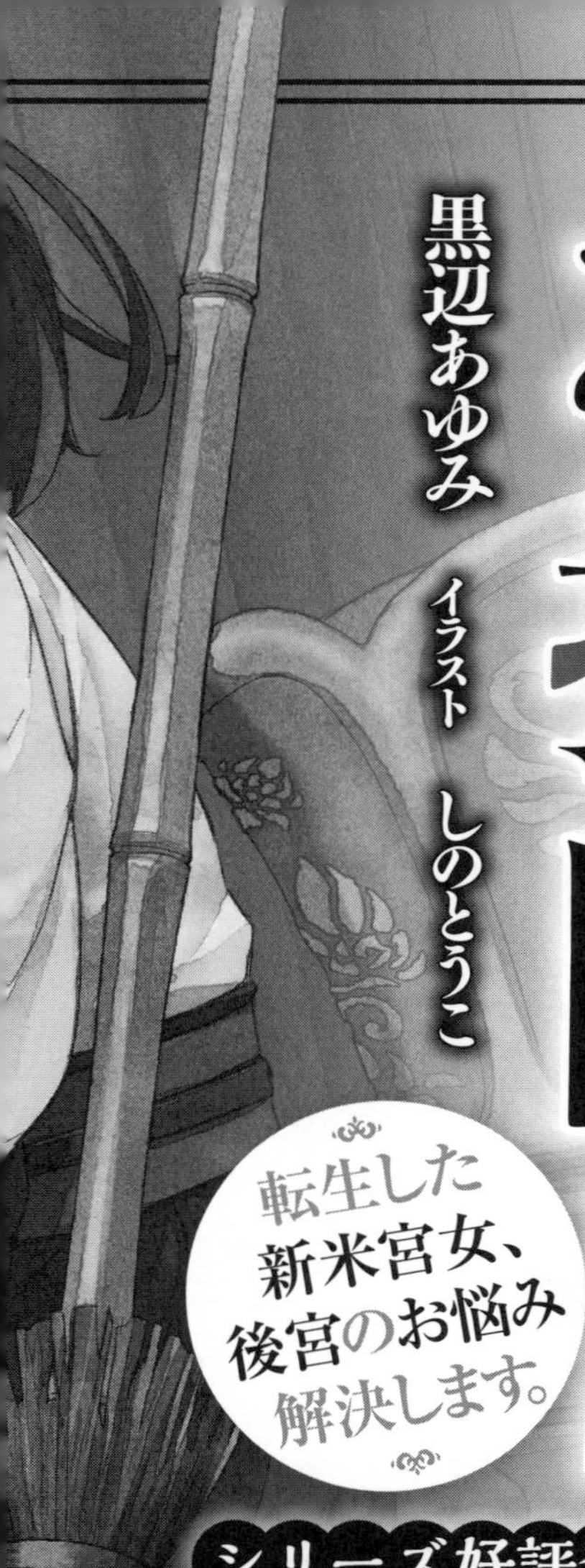

FLOS COMICにて
コミカライズ連載中!
漫画・shoyu
憧れの後宮はトラブルだらけでした!?
新米宮女、医療チートで大活躍!
風邪の予防にアルコール消毒!
呪い信者の道士と医学論争!?
無害な化粧品づくり!
第4回カクヨム
Web小説コンテスト
キャラクター文芸部門
〈特別賞〉